Matka menneeseen

Matka menneeseen

ALDIVAN TORRES

Canary Of Joy

CONTENTS

1 1

1

Matka menneeseen
Aldivan Teixeira Torres
Matka menneeseen

Kirjoittaja: Aldivan Teixeira Torres
©2019-Aldivan Teixeira Torres
Kaikki oikeudet pidätetään

Tämä kirja, mukaan lukien kaikki sen osat, on suojattu tekijänoikeuksilla, eikä sitä voi kopioida ilman tekijän lupaa, jälleenmyydä tai siirtää.

‑
   Lyhyt elämäkerta: Brasiliassa syntynyt Aldivan Teixeira Torres on konsolidoitu kirjailija eri genreissä. Toistaiseksi on otsikoita julkaistu kymmenillä kielillä. Varhaisesta iästä lähtien hän on aina ollut kirjoittamisen taiteen rakastaja, joka on vahvistanut ammattiuran vuoden 2013 jälkipuoliskolta lähtien. Hän toivoo kirjoituksillaan vaikuttavan kansainväliseen kulttuuriin, herättävän lukemisen nautinnon niissä, joilla ei ole tapaa. Sinun tehtäväsi on valloittaa jokaisen lukijasi sydän. Kirjallisuuden lisäksi hänen tärkeimpiä harhautuksiaan ovat musiikki, matkustaminen, ystävät, perhe ja itse elämänilo. "Kirjallisuudelle, tasa-arvolle, veljeydelle, oikeudenmukaisuudelle, ihmisarvolle ja kunnialle aina" on hänen mottonsa.

Missä olen?
Ensimmäiset vaikutukset
Hotelli
Päivällinen
Kävele kylän läpi
Mustan linnan
kappelin rauniot
Järjestys
Asukkaiden kokous
Päättäväinen keskustelu
Näköyhteys
Alku
Rautatie
Liikkeelle
Bungalowissa saapuva saapuja
Tapaan pormestarin
Kokous seisoo ja kiittää molempia.
Maanviljelijöiden tapaaminen
Takaisin kotiin
Ilmoitus
Ensimmäinen työpäivä
Piknikki
Vuoren alamäki
Majurin pahoinpitely
Juhla
Heijastuksia
Sucavão
Markkinoille
Lehmän tapaus
Lehdistö

Missä olen?

Herään ja tajuan olevani yksin. Mitä sille nuorelle miehelle tapahtui?

Voisiko olla, ettei hän selvinnyt aikamatkustuksesta? En voinut tehdä muuta. Odota? Missä olen? En tunne tätä paikkaa. Ei ole mitään maata, ei ole taivasta, ja se on täydellinen tyhjiö. Vähän kauempana paikasta, jossa olen, näen ihmisen kokousta, joka on pukeutunut mustaan. Lähestyn heitä selvittämään, mistä on kyse. En halua olla tuntemattomissa paikoissa yksin. Lähestyessäni tajuan, ettei tämä ole mikään prosessi vaan hautajaiset. Arkku on kolmen ihmisen ylläpitämässä keskuksessa. Menen erään henkilön luo, joka on läsnä.

"Mitä tapahtuu? Kenen hautajaiset tämä on?"

"Hautaaminen on näiden ihmisten uskoa ja toivoa.

"Mitä? Miten?

En ymmärrä sitä, mutta jätän hautajaiset. Mitä ne hullut tekivät? Tietääkseni hautasit kuolleet etkä tunteita. Uskoa ja toivoa ei pitäisi haudata, vaikka tilanne olisi epätoivoinen. Hautaus katoaa horisontissa. Aurinko näkyy ja voimakas valo näkyy tasangon yläosassa. Valo läpäisee ja vie koko olemukseni. Unohdan kaikki ongelmat, surut ja kärsimykset. Se on Luojan näkemys, ja tunnen itseni täysin rentoutuneeksi ja luottavaiseksi hänen läsnäolostaan. Koneessa varjopurkauksen alla ja sen mukana, paholaisia. Pimeyden näkemys suolistaa minua. Kaksi tasankoa edustavat "vastakkaisia voimia", joita toinen kohtaa jatkuvasti universumissa. Olen hyvän puolella ja teen kovasti töitä varmistaakseni, että se tulee aina olemaan. Kaksi tasankoa katoaa nakistani ja vain tyhjä tila on nyt kanssani. Maa ilmestyy, sininen taivas loistaa ja hetkessä herään, aivan kuin kaikki olisi pelkkää unta.

Ensimmäiset vaikutukset

Tosi herääminen jättää minut hyvään huumoriin. Matka ajoissa näyttää menestyneen. Renato näyttää nauttineen matkasta. Missä olen? "Pian saan selville. Mietin tarkkaan paikkaa ja se näyttää tutulta. Vuoret, kasvilisuus, pinnanmuodostus, kaikki on samanlaista. Odota. Jokin on erilaista. Kylä ei enää näytä olevan sama. Talot, jotka nyt ovat, levittäytyvät toiselta puolelta toiselle, jos riviin koostuu vain yksi katu. Ymmärrän, mitä tapahtui: matkustimme ajassa, mutta emme avaruudessa. Minun on tultava alas vuorelta tarkkailemaan tätä kaikkea. Lähestyn Renato ja alan ravistella häntä. Emme voi tuhlata aikaa viivästyksiin, koska meillä on tasan 30 päivää aikaa auttaa jotakuta, jota en ole vielä edes tavannut. Renato venyttelee ja alkaa vastahakoisesti laskeutua vuorelle kanssani. Hän ei ole päässyt vielä yli aikamatkustustaistelusta. Hän on yhä lapsi ja tarvitsee hoitoani.

Olemme laskeutuneet hyvään osaan reittiä ja Mimoso lähestyy yhä enemmän. Näköjään lapsia leikkii kadulla, pesulassa säkkien kanssa lähistöllä. Nuoret seurustelevat pienellä paikallisella aukiolla. Mikä meitä odottaa? Kukahan tarvitsee apua? Kaikki nämä vastaukset saadaan kirjan aikana. Mimoso-taivaalla seisoo jotain: Pimeät pilvet täyttävät koko ympäristön. Mitä tämä tarkoittaa? Minun täytyy saada tietää siitä. Askel kiihtyy, ja olemme noin sata metriä kylästä. Pohjoisessa on torni, tyylikäs ja kaunis koti. Sen täytyy olla jonkun tärkeän asuinpaikka. Lännessä talojen joukossa on musta linna. Se on pelottavaa vain ulkonäön perusteella. Saavumme vihdoin. Olemme keskusalueella, jossa suurin osa taloista sijaitsee. Minun täytyy löytää hotelli, koska matka oli pitkä ja väsynyt. Laukkuni painavat käsivarsilleni. Puhun yhden asukkaan kanssa, joka kertoo, mistä löydän sellaisen. Se on hieman etelään siitä, missä olimme. Lähdemme sinne.

Hotelli

Matka siitä, mistä olimme ylhäällä, kunnes hotelli toteutettiin rauhanomaisesti. Tapaamamme ihmiset tarkkailivat meitä vain vähän. Näiden ihmisten joukossa oli eräät luvut, jotka olivat Carmen Mirandan tyylissä hattu, poika, jolla oli piiskanmerkkejä selkään, ja surullinen tyttö, jonka mukana oli kolme vahvaa miestä, jotka näyttivät olevan hänen henkivartijoitaan. He käyttäytyivät oudosti kuin kylä ei olisi tavallinen yhteisö. Olemme hotellin edessä. Ulkopuolinen, se voidaan kuvata näin: yhden tarinan, tiiliasunnon, jonka pinta-ala on noin 1600 neliömetriä, jossa on kotityyli, käännetty, V-muotoinen katto. Ikkuna ja etuovi ovat puuta ja peitetään hienoilla verhoilla. On pieni puutarha, jossa kukkia erilaisia lajeja kasvaa. Tämä oli Mimoso ainoa hotelli, joten meille on kerrottu. Viereisessä ovessa oli huoltoasema. Yritin löytää kellon, mutta en pystynyt. Muistin, että olimme luultavasti muinaisia aikoja ja lisäksi olimme maaseudulla, jossa sivilisaation edistysaskelia ei ole vielä saavutettu. Ratkaisu, jotta voitaisiin osallistua, oli vanha huutaminen, joka herättää jopa kauaskantoisen kuuron.

"Haloo! Onko siellä ketään?

Ennen pitkää ovi narisee ja näin ilmenee kuva, jonka valtiollinen nainen on noin 60 vuotta, vaaleat silmät ja punaiset hiukset. Hän oli laiha, punastunut posket ja analysoimalla hänen katumuksensa hän on vain vähän tolaltaan.

"Millaista meteliä tämä on? Eikö sinulla ole tapoja?

"Anteeksi, mutta se oli ainoa tapa saada huomiosi. Oletko hotellin omistaja? Tarvitsemme majoituksen 30 päivää. Maksan sinulle anteliaasti.

"Kyllä, olen tämän hotellin omistaja yli 30 vuotta. Nimeni on Carmen. Minulla on vain yksi huone vapaana. Kiinnostaako? Hotelli ei ole ylellinen, mutta se tarjoaa hyvää ruokaa, ystäviä, tavallisia majoituksia ja tiettyjä perheitä.

"Kyllä, me hyväksymme. Olemme väsyneitä, koska matka on ollut pitkä. Etäisyys täältä pääkaupunkiin on noin 150 kilometriä.

"No, huone on sinun. Sopimuspohjat, jotka selvitämme myöhemmin. Tervetuloa. Tule sisään ja rentoudu. Olkaa kuin kotonanne.

Menemme puutarhan läpi, joka pääsee sisäänkäynnille. Hyvä lepo ja hyvä ruoka voisi palauttaa voimamme. Tämä nainen, joka vastasi ja jota nyt seurasimme, oli todella mukava. Hotellin yöpyminen ei olisi niin yksitoikkoista. Kun hänellä oli aikaa, voisimme jutella ja tutustua toisiimme paremmin. Lisäksi minun piti selvittää, kuka minun pitäisi auttaa ja mitä haasteita minun oli voitettava, jotta "vastapuolet" yhdistäisivät uudelleen. Tämä oli toinen askel evoluutiossani selkeänä.

Ovi on auki Carmen, ja me astumme pieneen huoneeseen, jossa on huonekaluja, jotka sopivat nykyiselle aikakaudelle ja koristeltu renessanssi maalauksilla. Ilmakehä on hyvin tuttu. Oikealla puolella istuminen on kolme ihmistä. Nuori mies, noin 20 vuotta vanha, hoikka, mustat silmät ja hiukset ja erittäin hyvännäköinen mies, jolla on hyvä kehys, mustat hiukset ja ruskeat silmät, nuoren ilma hänelle ja kiehtova hymy, ja vanhus, tummaihoinen, kiharatukkainen, kiharatukkainen, jolla on vakava asenne ja katso hänen kasvojaan. Carmen esitti meidät:

"Tämä on mieheni Gumercindo (osoittaa vanhukselle), ja nämä ovat minun muut vieraani: Rivanio, joka on nimeltään Vaninho, ja on asiantuntija juna-asemalla ja Gomes (nuori mies), on maatalouskaupan työntekijä.

"Nimeni on Aldivan ja tämä on veljenpoikani Renato.

Esitelmien jälkeen Carmen johdattaa meidät huoneeseemme. Se on tilava, kevyt ja ilmainen. Siinä on kaksi sänkyä, ja tämä tekee minut rennompi. Panemme laukut pois, majoitamme itsemme ja Carmen jättää meidät. Lepäämme vähän ja syömme myöhemmin.

Päivällinen

Nukkumisen jälkeen herään, kun joukot uudistivat. Olen hotellihuoneessa Renato kanssa. Tietoisuuteni painaa minua, kun tajuan valehdelleeni. Mutta se oli parasta. En vieläkään tunne ihmisiä, joille esittelin itseni. On parempi pysyä puolustuskannalla, koska luottamus on jotain, jonka ansaitsee. Toisaalta, jos kertoisin totuuden, he sanoisivat minua hulluksi. Totuus on, että menin vuorelle etsimään unelmiani, suoritin kolme haastetta ja astuin pelokkaaseen epätoivon luolaan. Ansojen ja skenaarioiden välttelyä minusta tuli ennustaja ja tein matkan ajan läpi etsiessäni tuntematonta. Olin siellä etsimässä vastauksia. Herätin Renato ja menemme yhdessä ruokasaliin. Olimme nälkäisiä, koska emme ole syöneet kuuteen tuntiin.

Menimme ruokasaliin tervehtimään toisiamme ja istuimme alas. Tarjoiltu juhla on vaihteleva ja on tavallisesti koillispuolinen: maissipuuro, jossa on maito" tai maissiateria kanan kanssa, ovat vaihtoehtoja. Jälkiruoaksi on kassavakakkua. Keskustelu alkaa ja kaikki osallistuvat siihen.

"Mitä te teette työksenne ja mikä tuo teidät tähän pieneen paikkaan? Kyselytunti Carmen.

"Olen toimittaja ja toimittaja matematiikan opettajan lisäksi. Pääoman lehti lähetti minut etsimään hyvää tarinaa. Onko totta, että tämä paikka salaa syvällisiä mysteerejä?

"Luulisin. Meidän on kuitenkin kiellettävä puhumasta siitä. Ellet tiennyt, elämme keisarinnan Clemilda lakien ja määräysten mukaisesti. Hän on voimakas velho, joka käyttää pimeitä voimia rankaistakseen niitä, jotka eivät tottele. Hän kuulee kaiken.

Hetken ajan melkein tukehduin ruokaani. Nyt ymmärsin pimeiden pilvien merkityksen. Vastakkaisten voimien tasapaino oli rikki. Tämä paha nainen tukki auringon säteet, sen puhdasta valoa. Tämä tilanne ei voi pysyä tällaisena kovin kauan, muuten Mimoso voi kuolla asukkaidensa kanssa.

"Onko totta, että toimittajat valehtelevat paljon? Kysyy Rivanio.

"Niin ei tapahdu ainakaan minun tapauksessani. Yritän olla uskollinen vakaumuksilleni ja uutisille. Oikea toimittaja on yksi, joka on vakava, eettinen ja intohimoinen ammattinsa suhteen.

"Oletko naimisissa? Mitkä ovat elämän tavoitteesi? Carmen kysyy.

"Ei. Kerran joku sanoi, että Jumala lähettäisi jonkun luokseni. Keskityn parhaillaan tutkimuksiini ja unelmiini. Rakkaus tulee jonain päivänä, jos se on kohtaloni.

Kuten vaimoni sanoi, meidän on kielletty puhua täällä muutama vuosi sitten tapahtuneesta tragediasta. Clemilda hallitsemisen jälkeen elämämme ei ole ollut samanlaista.

Tunteet ylittivät kaikki huoneen olleet. Kyyneleet tihkuivat Gumercindo kasvoihin. Tämä oli köyhän miehen kasvot, joka oli kyllästynyt tämän lumoojan julmaan diktatuuriin. Elämä oli menettänyt merkityksensä näille ihmisille. Jäljellä oli vain se, että he kuolisivat hyvin vähän toivoen, että joku auttaisi heitä.

"Rauhoittukaa. Ei se ole maailmanloppu. Tämä tilanne ei voi kestää kovin kauan. Maailman vastakkaisten voimien olisi pysyttävä tasapainossa. Älä huoli. Minä autan sinua.

"Miten? Noidalla on voimaa ihmisiin. Hänen vitsauksensa ovat tuhonneet monia elämiä. (Gomes)

"Hyvät voimat ovat myös voimakkaita. He pystyvät luomaan rauhan ja sopusoinnin uudelleen. Usko minua.

Sanani eivät näytä vaikuttavan haluttuun vaikutukseen. Keskustelu muuttuu, enkä voi keskittyä siihen. Mitä nämä ihmiset ajattelivat? Jumala välitti heistä. Muuten en olisi mennyt vuorelle, kohdannut haasteet, voittanut luolan ja tavannut huoltajan. Tämä oli merkki siitä, että asiat voivat muuttua. He eivät kuitenkaan tienneet. Kärsivällisyyttä tarvittiin vakuuttamaan heidät kertomaan totuus tai ainakin näyttämään minulle keinon. Syön illallisen yhdessä Renato kanssa. Nousen pöydästä ja menen nukkumaan. Seuraava päivä on tärkeä suunnitelmissani.

Kävele kylän läpi

Uusi päivä ilmestyy. Aurinko nousee, linnut laulavat ja aamukirjekuoret "koko hotellihuoneen, jossa olemme. Herään kauheasti. Renato on jo hereillä. Venytän, pesen hampaani ja käyn suihkussa. Se mitä kuulin edellisenä iltana, huolestuttaa minua hieman. Miten Mimoso on hallittu paha noita? Missä olosuhteissa? Mysteeri oli liian syvällinen minulle. Kristinusko pantiin täytäntöön Amerikassa 1600"luvulla, ja siitä lähtien siitä on tullut korkein, ja koko mantereen hallitseminen. Miksi silloin, keskellä ei mitään, hallitsi pahaa? Minun piti selvittää syyt ja syyt.

Lähden huoneesta ja menen keittiöön syömään aamiaista. Pöytä on katettu, ja näen herkkuja: maniokki, tapioka ja peruna. Alan palvella itseäni, koska tunnen oloni kotoisaksi. Muut vieraat saapuvat ja toimivat samoin. Kukaan ei koske edellisen yön aiheeseen eikä kukaan uskalla. Carmen lähestyy ja tarjoaa kupin teetä. Hyväksyn sen. Teet ovat hyväksi sydänsurun lievittämiselle ja ennakkoluulo nostamiselle. Puhun hänen kanssaan.

"Voisitko saada jonkun opastamaan minua Mimoso? Haluaisin tehdä haastatteluja.

"Se ei ole tarpeen, kultaseni. Mimoso on pelkkä kylä.

"Pelkäänpä, että ymmärsit väärin. Haluan jonkun, joka on läheinen ihmisten kanssa, johon voin luottaa.

"En voi, koska minulla on monta tehtävää. Kaikki vieraani toimivat. Minulla on idea: etsikää Felipe, Varaston omistajan poika. Hänellä on vapaa-aikaa.

"Kiitos vinkistä. Tiedän, missä varasto sijaitsee keskustassa. Soitan Renato ja menemme yhdessä.

"Loistavaa. Toivotan onnea.

Pyydän Renato, joka on vielä hotellihuoneessa. Toivottavasti hän syö aamiaista, jotta voimme lähteä. Saanko yhtään tarkkaa tietoa Mimoso tapauksesta? Halusin tietää. Renato syö aamiaisensa, hyvästelemme Carmenin ja lähdemme. Hotellin vieressä oleva neliö on täynnä nuoria ja lapsia. Nuoret lapset puhuvat keskenään ja lapset leikkivät. Huomaan kaiken jännityksen ohitse. Käännän kulman keskustaan ja saavun pian varastolle. Noin 50"vuotias mies on se hoitaja. Annan merkin, että mies tulee käymään.

"Miten voin auttaa?

"Etsin Felipeä. Missä hän on?

Felipe on poikani. Hetkinen, soitan hänelle. Hän on varastossa.

Mies kävelee pois ja pian palattuaan nuoren punapään kanssa, ja kun laiha on rakennettu kuin noin 17"vuotias mies.

"Olen Felipe. Mitä sinä tarvitsit?

Carmen suositteli sinua minulle. Sinun pitää tulla mukaani haastatteluissa. Nimeni on Aldivan. Hauska tavata.

"Ilo on minun puolellani, tulen mukaanne. Minulla on vapaa-aikaa. Aloitetaan apteekista, joka on naapurissa. Omistaja on paikan asiantuntija, kuten hän on ollut täällä säätiöstä asti.

"Hienoa. Mennään.

Renato ja Felipen mukana. Menen apteekkiin, jossa teen ensimmäisen haastatteluni. Se, etten ole oikea toimittaja, saa minut hermostumaan ja hermostumaan. Toivottavasti pärjään hyvin. Menin vuorelle, tein kolme haastetta ja läpäisin luolan testin. Yksinkertainen haastattelu ei minua revi. Kun saavumme apteekkiin, olemme valmiita. Meidät esitellään omistajalle. Pyydän haastattelua, ja hän on samaa mieltä. Eläkkeelle jäämme sopivampaan paikkaan, jossa voimme olla kahden ja jutella. Aloitan haastattelun ujostelun.

"Onko totta, että olette yksi vanhimmista asukkaista, yksi tämän paikan perustajista?

"Kyllä, äläkä kutsu minua sirriksi. Nimeni on Fabio. Mimoso on todella alkanut erottua rautatieviraston istutuksesta asti. Edistys ja nykyaikainen teknologia saapui vuonna 1909 suurten länsimaiden junien kanssa. Britti insinöörit Calander, Tolester ja Thompson suunnittelivat rautatien raiteet, rakensivat asemarakennukset ja Mimoso alkoi kasvaa. Kauppa toteutettiin ja Mimoso tuli yksi alueen suurimmista varastoista, toiseksi vain Carabais. Mimoso on tarkoitettu kasvamaan, ja siksi olen täällä.

"Onko elämä täällä aina ollut sujuvaa vai onko se kokenut traagisia tapahtumia?

"Niin on ollut. Ainakin vuosi sitten. Sen jälkeen se ei ole ollut sama asia. Ihmiset ovat surullisia ja menettäneet kaiken toivon. Elämme diktatuurin alla. Verotaakka on liian korkea, meillä ei ole sananvapautta, ja meidän on tehtävä äänemme piilotettujen voimien varalle. Uskonnosta on tullut synonyymi sorron kanssa. Jumalamme ovat julmia jumalia, jotka haluavat verta ja kostoa. Menetimme todellisen yhteyden Jumalaan, Isään, Ykköseen ja ainoaan.

"Kerro siitä, mitä vuosi sitten tapahtui.

"En halua, enkä voi puhua tragediasta. Se on hyvin tuskallista.

"Tarvitsen nämä tiedot.

"Ei. Perheeni kärsisi, jos kertoisin. Henget kuulevat kaiken ja kertoisivat Clemilda. En voinut ottaa niin paljon riskiä.

Vaadin yhä uudestaan, mutta hänestä tulee pysyvä. Pelko on tehnyt hänestä pelkurin ja pikkumielisen. Hän jää eläkkeelle ilman selitystä. Olen yksin, levoton ja täynnä kysymyksiä. Miksi he pelkäävät tätä velhoa niin paljon? Mistä tragediasta hän puhui? Tarvitsin tietoja, jotta saisin tietää, missä maassa seisoin. Olin Näkijä, lahjakas lahja, mutta se ei helpottanut asiaa. Jos tämä Clemilda hallitsisi pimeitä voimia, hän olisi mahtava vastustaja. Musta taika pystyy nappaamaan jokaisen ihmisen jopa parhaat luonnolliset. "Vastakkaisten voimien" yhteentörmäys voisi tuhota universumin, ja tämä oli kauimmin asia mielestäni. Varovaisuutta tarvitaan juuri nyt. Minulle selvisi, että "vastakkaisten voimien" tasapaino oli rikki, ja tehtäväni oli yhdistää se uudelleen. Mutta sitä varten oli tarpeen tietää koko tarina. Jätän sen ajatuksen rauhaan. Etsin Renato ja Felipen ja lähdemme uusiin haastatteluihin. Toivon onnistuvani.

Olen täysin turhautunut haastattelujen jälkeen. En saanut kaikkea tarvitsemaani tietoa. Millainen toimittaja olin? Minun olisi pitänyt mennä kurssille journalismiin. Kaikki haastatteluni, leipurin ja seppä, toistivat sen, minkä jo tunsin. Renato ja Felipe yrittävät lohduttaa minua, mutta en voi antaa itselleni anteeksi. Nyt olin hukassa maailman lopussa, jossa sivilisaatio ei ole vielä saapunut. Tiesin vain, että Mimoso hallitsi paha noita. Huuto, jonka kuulin epätoivon luolassa, sai minut pyörryttämään. Kuka tarvitsi apuani niin paljon? Keskityin tähän huutoon ja voimani auttamiseen- oli tullut Mimoso aikamatkustuksen avulla. Matkan tavoitteet eivät olleet vielä selvillä minulle. Vartija oli puhunut vastakkaisten joukkojen yhdistämisestä, mutta en tiennyt, miten tehdä näin. Tiesin, etten vieläkään hallinnut vastakkaisia voimiani "ja se huolestutti minua enemmän. Nyt ei ollut aika lannistua. Minulla oli vielä 28 päivää aikaa ratkaista tämä asia. Paras nyt oli palata hotelliin ja kerätä voimani, kuten tarvitsen. Renato ja Felipe olivat kanssani ja matkalla, tutustuimme toisiimme paremmin. He ovat todella hyviä ihmisiä. En tunne olevani yksin tässä paikassa, jota hallitsevat voimat alla ja on täynnä mystereitä.

Mustan linnan

Olemme kolmantena päivänä matkalla. Edellinen päivä ei ollut jättänyt hyviä muistoja. Haastattelujen jälkeen päätin viettää loppupäivän hotellissa etsimässä itseäni. Tämä oli lähtökohtani: etsin itseni ratkaisemaan tärkeitä kysymyksiä. Renato ei ole vieläkään auttanut minua. Vartija oli väärässä, kun lähetti hänet mukaani. Hän oli vasta lapsi, eikä sillä ollut paljon velvollisuuksia. Tilanteeni oli täysin erilainen. Olin nuori mies, 26, hallinnollinen avustaja, jolla on tutkinto matematiikan ja monia tavoitteita. En ehtinyt ajatella rakkautta tai itseäni, koska olin tehtävällä, vaikka en tiennyt, mikä se oli. Ainoa varmuus, että menin vuorelle, tajusin haasteet, löysin nuoren tytön, aaveen, lapsen ja huoltajan. Läpäisin luolan kokeet. Minusta tuli Näkijä, mutta siinä ei ollut kaikki. Minun piti voittaa elämän haasteet jatkuvasti. Uusi päivä on alkamassa, ja se on uusi toive. Nousen ylös, käyn suihkussa, pesen hampaani ja hyvästelen Carmenia.

Edellinen päivä on herännyt minussa uusi idea: tuntea viholliseni läheisesti ja varastaa heiltä tietoja. Se oli ainoa tie ulos.

Menen kadulle katsomaan leikkikenttää ja kaikki istuvat penkeillä. Ne käyttäytyvät normaalisti kuin ne olisivat normaalissa yhteisössä. He ovat sopeutuneet. Ihmiset tottuvat mihinkään jopa tuhon aikoina. Kävelen koko ajan. Käännän kulman, tapaan joitakin ihmisiä ja pysyn lujana päättäväisyydessäni. Luolan haasteet auttoivat minua menettämään pelkoni millaisessa tilanteessa. Löysin kolme ovea, jotka edustavat pelkoa, epäonnistumista ja onnea. Valitsin onnen ja hävitin loput. Olin valmis uusiin haasteisiin. Käännyn toiseen kulmaan ja tulen kylän länsipuolelle. Iso linna ilmestyy. Se on rakennus, joka koostuu kahdesta päätornista ja toissijaisesta tornista. Asunto on mustamaalattu tiilityö. Huono maku, tyypillinen roisto. Sydämeni kilpailee ja askeleeni tekevät niin. Mimoso tulevaisuus riippui asenteestani. Kyseessä oli viattomia henkiä, enkä salli enää vääryyksiä. Taputan käsiäni, jotta joku saisi huomion talossa. Iso poika, pitkä ja tummaihoinen, tulee ulos talosta.

"Mitä sinä tarvitsit?

"Tulin tapaamaan Clemilda.

"Hänellä on kiire. Tule joskus toiste.

"Hetkinen. Se on tärkeää. Olen Päivittäinen sanomalehti toimittaja ja tulin tekemään hänestä erikoisraportin. Anna minulle viisi minuuttia.

"Toimittajia? Hän pitää siitä. Ilmoitan saapumisestanne.

"Ei tarvitse. Sallikaa minun tulla mukaasi.

Mies sanoo "kyllä" ja käynnistän useita askeleita, jotka antavat pääsyn etuovelle. Kehoni läpi kulkee värinä ja vaativat ääniä varoittamaan minua menemästä sisään. Kissa kävelee ohi ja vilkuttaa rajuja kynsiään. Rukoilen sisäpiirin, että Jumala antaa minulle voimaa kestää kaikenlaista. Poika tulee mukaani, ja me menemme sisään. Ovi antaa pääsyn suureen koristeaulaan, joka on täynnä värejä ja elämää. Oikealla puolella on pääsy yli kolmeen kammioon. Keskellä on kuvia pyhimyksistä, joissa on sarvet, kallot ja muut syntiset esineet. Vasemmalla puolella on outoja maalauksia. Skenaario on kauhea, enkä voi kuvailla sitä täysin. Negatiiviset voimat hallitsevat paikkaa ja saavat minut pyörrykään, koska tämä on vastakkaisten voimien yhteentörmäys. Mies pysähtyy yhden osaston eteen ja koputtaa.

Ovi aukeaa, savu nousee ja lihava musta nainen, jolla on vahvoja piirteitä, noin 40 vuotta vanha.

"Mistä olen velkaa ennustajapalkinnon vierailulle?

Hän antaa merkin miehelle katoamisesta. Olen täysin hämmentynyt hänen asenteestaan. Mistä hän tunsi minut? Voisiko hän olla tietämättä vuoristosta ja luolasta? Mitä outoja voimia hänellä oli? Tämä ja monia muita kysymyksiä, jotka ovat käyneet mielessäni juuri silloin.

"Tunnet minut. Sitten sinun pitäisi tietää, miksi tulin tänne. Haluan tietää tragediasta ja siitä, miten olet hallinnut niin hiljaista paikkaa.

"Tragedia? Mikä tragedia? Täällä ei tapahtunut mitään. Olen vain muuttanut paikkaa hieman, jotta siitä tulisi nautinnollisempi. Ihmiset, joilla on teko onnensa, tulivat hermoilleni ja päätin muuttaa sen. Mimoso tuli omaisuuttani, etkä edes sinä voi tehdä mitään. Sinun meediokykysi eivät ole mitään verrattuna minuun.

"Jokainen roisto on omahyväinen ja ylpeä. Tiedämme molemmat, ettei tilanne voi jatkua pitkään. "Vastakkaisten voimien" on pysyttävä tasapainossa koko universumissa. Hyvä ja paha eivät voi vastustaa toisiaan, koska muuten universumi on vaarassa kadota.

"En välitä universumista tai sen kansasta! He ovat vain hyönteisiä. Mimoso on minun alaani, ja sinun täytyy kunnioittaa sitä. Jos vastustat minua, kärsit. Haluan vain mainita yhden sanan majurille, niin pidätän sinut.

"Uhkailetko minua? En pelkää uhkauksia. Olen Näkijä, joka meni vuorelle, suoritti kolme haastetta ja hakkasi luolan.

"Häivy täältä, ennen kuin laitan sinut ruokaani. Olen kyllästynyt hyveesi. Se kuvottaa minua.

"Minä menen, mutta tapaamme vielä. Hyvä on aina lopussa.

Jätän hänet ja kävelen ovelle. Kun lähden, kuulen hänen vitsejään. Hän on aika vihainen. Kysymyksiini ei vastattu, ja olen edelleen tähtäimessä ja ilman merkkejä. Tapaaminen Clemilda kanssa ei ollut saavuttanut tavoitettani.

kappelin rauniot

Kun lähden mustasta linnasta, päätän valita toisen polun. Haluan nähdä lisää kaupunkia ja sen väkeä. Kävelen itään, etsin ja yritän keskustella. Mutta he välttelevät minua. Heidän epäluottamuksensa on vielä suurempi, koska olen tuntematon nuori toimittaja. He eivät tiedä aikeitani. Haluan pelastaa Mimoso, etsiä etsimäni henkilö ja yhdistää vastapuolet, kuten suojelija pyysi. Mutta sitä varten oli tarpeen lainata hieman historiaa ja tuntea kaikki viholliseni. Minun pitäisi saada tietää se mahdollisimman pian, koska minulla oli määräaika. Vuoren nousu, haasteet, luola, kaikki tämä oli tarpeellista tietoa, jotta tietäisin, millaista elämä oli ja miten ihmiset elivät sitä. Oli aika panna se täytäntöön. Käännyn kulman taakse ja muutaman metrin päässä törmäsin raunioihin. Ajattelen paikan ja sen kansan organisaation puutetta. Roskat kelluivat vapaasti yhteiskunnassa ja pystyivät lähettämään tauteja ja toimimaan eläin" ja hyönteislastentarhana, mikä oli haitallista ihmiselle. Pääsen lähemmäksi katsomaan paikan katastrofia. Odota. Tässä roskassa on jotain erilaista. Puinen krusifiksi on kuin kappelista. Siirrän roskia paremmin ympäriinsä ja näen selvästi: se on krusifiksi. Koskettaessani sitä, lämpöaalto kuroi koko kehoni läpi ja alan nähdä näkyjä. Näen verta, kärsimystä ja tuskaa. Hetken ajan olen siinä paikassa, jossa osallistuu menneisyyden tapahtumiin. Otan käteni pois krusifiksilta. En ole vielä valmis. Tarvitsen aikaa imeä kaiken, mitä olen tuntenut alle kolmessa sekunnissa. Risti parantaa voimiani, ja alan tuntea voimani vastustavan voiman.

Järjestys

Vierailuni pelätyn, synkkään velhoon nimeltä Clemilda ei ollut jättänyt häntä onnelliseksi. Häntä ei ollut koskaan vastustettu. Hänen valtakuntansa Mimoso yhteisössä oli täysin rajoittamaton. Hän ei kuitenkaan uskonut voivansa lähettää minut takaisin ajoissa. Heti kun lähdin linnasta, hän yhdistyi lakeijansa, Totonho ja Cleide kanssa ja he kysyivät okkulttisia voimia. He menivät vasemmalle osastolle, joka sijaitsee käytävässä ja ottivat uhrauksena pienen sian. Noita otti kirjan ja alkoi lausua saatanallisia rukouksia toisella kielellä. Hän ja hänen kavereidensa alkoivat uhrata eläinparkaa. Verijäljet täyttivät osaston ja negatiiviset voimat alkoivat keskittyä. Alueen luonnollinen valaistus oli himmentynyt ja velho alkoi huutaa hullusti. Pimeys otti suojan haltuunsa ja viestintäovi kahden maailmojen välillä avattiin peilin kautta. Clemilda esiintyi kunnioittaen Herraansa ja alkoi viitata häneen. Hän oli ainoa, joka pystyi tähän. Syntinen oraakkeli ja hänen reseptorinsa olivat täydessä ehtoollisessa jonkin aikaa. Muut katsoivat koko tilanteen. Kokouksen jälkeen pimeys hävisi ja paikka palasi alkukantaiseen tilaansa. Clemilda tuli takaisin keskustelun vaikutuksesta, soitti apulaisilleen ja sanoi heille:

"Levitä koko yhteisössä seuraava käsky: Kuka, mies tai nainen, antaa tietoja miehelle nimeltä Ennustaja saa ankarasti rangaistuksen. Hänen kuolemansa on traaginen ja hän merkitsee heidän kulkevan pimeyden valtakuntaan. Tämä on kuningatar Clemilda käsky koko Mimoso puolesta.

Vihainen Clemilda lakeijat menivät täyttämään käskyn ilmoittaa uutiset kylän asukkaille, naapurustoille ja viljelymaalle.

Asukkaiden kokous

Clemilda määräyksen myötä asukkaat olivat vielä pidättyväisempiä asiasta. Fabio, kodinomistajan ja asuntoyhdistyksen johtaja, kutsui kiireellisen tapaamisen paikan pääjohtajien kanssa. Kokous oli tarkoitus tavata klo 10.00 yhdistysrakennuksessa. He harkitsevat juttuani.

Nimitetyn ajan rakennuksen pääsali oli kokonaan täytetty. Nykyisin olivat majuri Quintino, valtuutettu Pompeu, Osmar (viljelijä), Sheco (varaston omistaja) ja Otavio (maatalouskaupan omistaja) sekä muun muassa. Presidentti Fabio aloitti istunnon:

Ystäväni, kuten tiedätte, Clemilda antoi eilen illalla käskyn. Kukaan ei saa antaa tietoja hotelliin asuvalle aiheelle nimeltä "Ennustaja". Hän on täällä. Huomaan, että tämä yksilö on hyvin vaarallinen ja että se on saatava hallintaan. Hän yritti kerätä minulta tietoja, mutta epäonnistui. Hän halusi tietää tragediasta.

"Näkijä? En ole kuullut tästä henkilöstä. Mistä hän tulee? Kuka hän on? Mitä hän haluaa pienestä kylästämme? (Kysyi majurilta)

"Rauhallisesti, majuri. Emme tiedä sitä. Ainoa tietomme on, että hän on salaperäinen ulkopuolinen. Meidän on päätettävä, mitä teemme hänelle. (Fabio)

"Hetkinen. Tiedän, ettei hän ole rikollinen. Poikani Felipe seurasi häntä kävelylle ja kertoi olevansa hyvä ja rehellinen ihminen. Ei.

" Ulkonäkö voi pettää. Jos Clemilda on antanut käskyn, hänestä on tullut vaaraksi meille. Hänet on karkotettava mahdollisimman pian. (Otavio)

" Jos tarvitset palveluksiani, olen vapaa. (Pompeu, valtuutettu)

Kokouksessa esiintyy pieni häiriö. Jotkut alkavat protestoida. Pompeu nousee ylös, kysyy majurilta ja sanoo:

" Pidätetään tämä mies. Vankilassa esitämme kaikki tarvittavat kysymykset.

Ryhmä purkaa käskyn pidättää minut. Voisinko olla rikollinen?

Päättäväinen keskustelu

Jätän kappelin rauniot ja kävelen hotelliin. Kuudes aistini kertoo, että olen vaarassa. Itse asiassa, kun olen ollut Mimoso, se on aina varoittanut minua siitä, minne olin menossa. Pimeyden voimat hallitsevat kylä ei ollut hyvä lomavalinta. Minun olisi kuitenkin täytettävä vuoren vartijalle antamani lupaus: yhdistääkseni vastapuolet ja auttaakseni sen huudon omistajaa, jonka kuulin epätoivon luolassa. En voinut hylätä tätä tehtävää. Saavun pian hotelliin. Avaan oven, menen keittiöön ja etsin Carmenin, viimeisen toivoni. Tunsin tarpeeksi rohkeutta ja luotin ystävällisyyteen auttaakseni minua.

" Neiti. Carmen, minun on puhuttava kanssanne.

" Kerro minulle, Aldivan, mitä haluat?

Haluan tietää kaiken Mimoso tragediasta ja historiasta.

" Poikani, en voi. Etkö tiedä viimeisintä? Clemilda uhkasi tappaa kaikki, jotka antavat sinulle tietoa.

" Tiedän. Hän on käärme. Jos et auta minua, Mimoso uppoaa vielä enemmän ja ottaa riskin katoamisesta.

" En usko sitä. Mädät eivät koskaan kuole. Sen opin siitä lähtien, kun hän alkoi hallita.

Hiljaisuus oli hetken vallinnut. Tajusin, että jos en kertoisi totuutta, en saisi vastauksia. Vangitsijani olivat valmiita hyökkäämään.

Carmen, kuuntele tarkkaan, mitä aion sanoa. En ole toimittaja enkä toimittaja. Itse asiassa olen aikamatkustaja, jonka tehtävänä on palauttaa Mimoso niin suuresti tarvitsema tasapaino. Ennen kuin tulin tänne, menin Ororubá vuorelle, suoritin kolme haastetta, löysin nuoren miehen, suojelijan, aaveen ja Renato. Haasteiden voittaminen, sain oikeuden päästä epätoivon luolaan, luolaan, joka voi ymmärtää jopa syvällisimmät unet. Luolassa vältin ansoja ja kehityin skenaarioiden läpi, joita kukaan muu ihminen ei ole koskaan ylittänyt. Luola teki minusta Näkijän, joka pystyi ylittämään ajan ja etäisyyden ratkaistakseen valitukset. Uusilla voimillani pystyin matkustamaan ajassa taaksepäin ja saapumaan tänne. Haluan yhdistää vastapuolet, auttaa jotakuta, jota en tunne ja kumota tämän pahan noidan tyrannian. Lopulta minun on tiedettävä kaikki ja tiedettävä, mitä pystyt paljastamaan. Olet hyvä ihminen ja kuten muutkin täällä ansaitset olla vapaa, kuten Jumala loi meidät.

Carmen istui tuoliin ja tuli tunteelliseksi. Kyyneleet liukuivat hänen kasvojensa alle, joka oli kypsä kärsimyksestä. Pidin häntä kädestä ja silmämme kohtasivat hetkessä. Hetken ajan tunsin olevani oman äitini läsnä. Hän nousi ja pyysi minua mukaansa. Pysähdyimme oven eteen.

" Löydät vastaukset, joita tarvitset paljon tässä tallelokerossa. Voin auttaa teitä: näytän teille tien. Onnea matkaan!

Kiitän häntä ja annan hänelle siunatun krusifiksin. Hän hymyilee. Menen varastoon, suljen oven ja törmään moniin painettuihin sanomalehtiin. Missä se olento olisi?

Näköyhteys

Istun ainoalla tuolilla, tuen itseäni pienellä pöydällä ja alan kääntää sanomalehtiä. Kaikki ovat vuosilta 1909"1910. Luin vain otsikot, mutta niillä ei ole mitään tekemistä etsimäni kanssa. Jotkut puhuvat Pesqueira ja muista kunnat alueella, mutta käsiteltävänä olevat kysymykset koskevat terveyttä, koulutusta ja politiikkaa. Mitä oikein etsin? Tragedia, joka sai ravistettua tätä paikkaa ja teki siitä pimeyden pellon. Käännän lehtiä läpi, ja minusta tämä on väsyttävä ja yksitoikkoinen tehtävä. Miksei Carmen kertonut suoraan? Enkö ollut luotettava? Se olisi paljon yksinkertaisempaa. Muistan vuoren, haasteet ja luolan. Ei aina ollut yksinkertaisin tapa helpompi, selkeämpi tai käsin Pesueita. Alan ymmärtää sitä hieman. Hänhän oli julman, julman ja ylimielisen noidan vallassa. Hän näytti minulle tien, täsmälleen miten hän sanoi, ja uskon, että tämä riittäisi minulle voittamaan, saavuttamaan tavoitteeni ja olla onnellinen. Käännän lehtiä läpi ja haen pussin vuodelta 1910. Jos muistan oikein, se oli se tragedia, kun Fabio oli ilmoittanut minulle haastattelussa. Alan lukea otsikoita ja uutisia. Minun piti tarkistaa kaikki mahdollisuudet.

Luin ja luin lehtiä tunnin kuluttua en ollut löytänyt mitään, mikä herätti huomioni. Löysin vain maaseudun uutisia, urheilua ja muita osia. Toivo, että minulla oli uutisia, oli vuoden 1910 paperipussissa, jonka otin. Odota. Jos tämä tragedia todella tapahtui, sen pitäisi olla sanomalehdessä, joka oli ollut erityisen erillään, koska tämä oli niin suuri uutinen. Alan tutkia kaapin laatikoita pöydän vieressä. Löydän eri sanomalehtiä, joilla on eri päivämääriä. Yksi lyö minua: se on 10. tammikuuta 1910. päivän jälkeen ja on seuraava otsikko: Christine, nuori hirviö. Taisin löytää etsimäni. Kun kosken lehteen, kylmä tuuli iskee minua, sydämeni kilpaa ja kuin matka ajan läpi, laittaa ruokaa tämän historian näkemyksen.

Alku

1900"luvulla alkoi ja sen myötä ensimmäisten Pesqueira länsipuolella sijaitsevien maanpioneerien syntyminen. Ensimmäinen, joka meni majuri Quintino ja hänen ystävänsä Osmar, jotka ovat peräisin Alagoas in osavaltiosta ja jotka määräsivät maat, jotka olivat alkuperäiskansojen omaisuutta. Alkuasukkaat heitettiin ulos, nöyryytettiin ja murhattiin. Nämä kaksi päättivät olla muuttamatta pysyvästi alueelle, koska sillä ei ollut niille soveltuvaa rakennetta.

Ajan myötä tuli muita ihmisiä, jotka siirsivät paljon pormestarin toimistoon. Maa oli lahjoitettu ja ensimmäiset talot rakennettiin. Näin syntyi sopimus. Sovitus houkutteli joitakin alueen kauppiaita, jotka ovat kiinnostuneita laajentamaan yrityksiään. Varasto, huoltoasema, ruokakauppa, apteekki, hotelli ja maatalouskauppa avattiin. Peruskoulu rakennettiin toimimaan älyllisenä perustana väestölle. Mimoso muutti sitten Pesqueira päämajaan kuuluvaan kylän luokkaan.

Rautatie

Vuodesta 1909 lähtien Mimoso on saapui suuria länsimaisia junia, joka tuo edistystä ja teknologiaa rauhanomaiseen paikkaan. Britti insinöörit Calander, Tolester ja Thompson olivat vastuussa asemarakennusten rakentamisesta ja rakentamisesta. Euroopan vaikutusvaltaa voidaan myös seurata muilla rakennusten muurareilla ja Mimoso kaupunkialueilla.

Rautatien täytäntöönpanon myötä Mimoso (nimi tulee Mimoso ruohosta, joka on hyvin yleistä alueella) tuli kaupallisen merkityksen ja alueellisen poliittisen merkityksen keskipiste. Pernambuco, Paraíba ja Alagoas. Alueiden välisellä rajalla sijaitseva strategisesti kylä konsolidoitu lähtökohtana tuotteiden ja lähtöpaikkana monilta Pernambuco, Paraíba ja Alagoas in kunnalta. Rautatien lisäksi Recifen yhdistävä multatie kulki keskelle tasan sen keskelle, mikä edistää paikan edistymistä.

Mimoso asukasluku muodostui periaatteessa Portugalin kieli alkuperän perheiden jälkeläiset. Vähintään suosivia osa väestöstä olivat intiaanien ja afrikkalaisen alkuperän jälkeläiset. Mimoso kansa voi olla ystävällinen ja tervetullut ihmisiä.

Liikkeelle

Rautatien täytäntöönpanon lujittamisen ja Mimoso edistymisen myötä alueen tienpitäjät (maanviljelijät, majuri Quintino ja Osmar) päättivät asua paikalla kaikkien heidän perheidensä kanssa.

Oli helmikuun 10. päivä 1909. Sää oli mukava, tuuli oli koillis- ja kylän näkökohta mahdollisimman normaali. Horisontissa näkyy juna, jonka ohjasi insinööri Roberto tuo uudet asukkaat Recifestä: majuri Quintino, hänen vaimonsa Helenaa, hänen ainoa tyttärensä Christine ja heidän kotiapulaisensa Gerusa, musta nainen Bahia. Junan sisällä, matkustamossa, levoton Christine paljastaa itsensä.

Äiti, näyttää siltä, että olemme perillä. Millainen Mimoso on? Pidänkö siitä?

"Hiljaa, lapseni. Älä ole niin levoton. Pian saat tietää. Tärkeintä on, että olemme yhdessä perheenä. Ennen pitkää asetumme aloillemme ja saamme ystäviä.

Majuri katsoo, että he ovat mukana keskustelussa.

"Älä huoli. Sinulta ei puutu mitään. Olen rakentanut kauniin talon, joka sijaitsee yhdellä omistamistani maasta. Se on kylän vieressä. Muistakaa: teillä on täysi vapaus liittyä sosiaaliseen tasoomme, mutta en halua, että olette yhteydessä epäpuhtaisiin tai hyvin köyhiin.

"Tuo on ennakkoluuloa, isä! Jossa olin kolme vuotta, opetettiin kunnioittamaan jokaista ihmistä: yhteiskunnallisesta luokasta, etnisyydestä, uskonnosta tai uskonnosta riippumatta. Olemme sen arvoisia, mitä sydämissämme on.

"Nunnat eivät ole yhteydessä todellisuuteen, koska he elävät suljettuina. En olisi saanut päästää sinua sinne, koska olet palannut hullun pötyä. Äitisi Ideoija, joita en enää kuuntele.

"Olen aina unelmoinut, että hänestä tuli nunna. Christine oli minulle suuri lahja Jumalalta. Opetin hänelle kaikki tuntemani uskonnon käsitteet. Kun hän täytti 15, lähetin hänet nunnaluostariin, koska olin varma hänen kutsumuksestaan. Kolme vuotta myöhemmin hän luovutti ja se sattuu silti paljon. Se oli suurimpia pettymyksiä, joita hän koskaan antoi minulle.

"Se oli sinun unelmasi, äiti, ei minun. Jumalaa palvellaan äärettömästi. Minun ei tarvitse olla nunna ymmärtääkseni häntä ja ymmärtää hänen tahtoaan.

"En tietenkään! "Järjestän hänelle hyvän avioliiton. Minulla on jo ideoita. Nyt ei ole oikea aika paljastaa.

Juna viheltää, että se pysähtyy. Kylä ilmestyy, Christine näkee kaikki maaseudun näkökohdat yhden ikkunan läpi. Hänen sydämensä kiristyy ja hän tuntee hieman vapisevan kehossaan. Hänen ajatuksensa ovat epäilyttäviä. Mikä häntä odotti Mimoso? Pysy mukana, lukija.

Christine ja Helena, riipushameet, puristakaa ulos junan uloskäynnistä. Majuri ei pidä siitä. Neljä uloskäyntiä ja aiheuttaa tietyn kipinän uteliaisuuden muilta paikallisilta asukkailta. He käyttäytyvät tyylikkäästi ja runsaus. Majuri tervehtii Rivanio kohteliaisuutena. Siitä lähtien he lähtevät kotiinsa, joka sijaitsee kylän pohjoispuolella.

Bungalowissa saapuva saapuja

Christine, majuri, Helenaa ja Gerusa saapuvat uuteen kotiinsa. Se on tiilitalo, bungalow tyyli, noin 1600 neliömetriä rakennusaluetta, jota ympäröi hedelmäpuutarha. Sisällä on kaksi asuinaluetta, neljä makuuhuonetta, keittiö, pyykkialue ja kylpyhuone. Ulkopuolella on sisäkkö huone ja kylpyhuone. Neljä kävelee hiljaisuudessa, kunnes majuri puhuu.

"Tässä se on, talomme, jonka rakensin muutama kuukausi sitten. Toivottavasti pidät siitä. Se on tilava ja mukava.

"Se näyttää oikein hyvältä. Tulemme olemaan onnellisia täällä. (Helenaa)

"Toivon niin myös, vaikka juuri näin. (Christine)

"Ennusteet ovat hölynpölyä. Tulet olemaan onnellinen, tyttäreni. Tämä paikka on mukava, täynnä hyviä ja vieraanvaraisia ihmisiä. (Majuri)

Neljä tulee taloon. He purkivat laukkunsa ja levättävät. Matka oli ollut pitkä ja väsynyt. He tutkisivat koko paikan.

Tapaan pormestarin

Uusi päivä syntyy ja Mimoso esittää itselleen minkä tahansa maaseutuyhteisön näkökohdat. Maanviljelijät tulevat ulos kodeistaan ja valmistautuvat uuteen päivään, kauppavirkamiehet tekevät niin. Lapset kulkevat äitinsä kanssa-vastaperustetun koulun suunnassa. Aasit kiertävät yleensä kantaen lastinsa ja ihmisiä. Sillä välin, kauniissa bungalowissa, majuri valmistautuu lähtemään. Hän oli menossa tapaamiseen Pesqueira pormestarin kanssa. Helenaa suorittaa takkinsa varovasti.

"Tämä tapaaminen on minulle hyvin tärkeä, vaimo. Maan tärkeitä herroja on oltava paikalla, kuten Carabais eversti. Minun on vahvistettava paikkani Mimoso yllä.

"Pärjäät hyvin, koska olet ainoa täällä, jolla on majuri kansalliskaartissa. Oli hyvä idea ostaa tuo asento.

"Tietenkin oli. Olen näkemys ja strategia. Lähdin Alagoas ja tulin tänne, olen saanut vain voittoja.

"Älä unohda pyytää asemaa tyttärellemme Christinelle. Hän on tehnyt vähän tyhjälle. Koulutus, jonka hän sai luostarissa, riittää hänelle suorittamaan minkäänlaisia tehtäviä.

"Älä huoli. Osaan taivutella hänet. Tyttäremme on älykäs ja ansaitsee hyvän työn. Minun täytyy mennä. En halua myöhästyä kokouksesta.

Suudelmalla majuri sanoo hyvästit vaimolleen Helena alle. Hän kävelee ovea kohti, avaa sen ja lähtee. Hänen ajatuksensa keskittyvät perusteluihin, joita hän käyttää kuulemisessa. Hän ajattelee majurin valtaa, kunniaa ja sosiaalista syrjäytymistä. Hän näkee isoja unia. Hän unelmoi tulevansa kuvernöörin ystäväksi ja tekemällä niin, saamalla lisää palveluksia. Hänelle oli vain valtaa ja tyttärensä tulevaisuutta. Toisista tuli pelinappuloita. Hän nousee vauhtia viiden minuutin päästä Pesqueira juna lähtee. Hetken ajan hän kiinnittää huomionsa köyhiin, joita näkee matkalla. Hän katuu sitä ja kääntää kasvonsa toiselle puolelle. Majuri ei voi seurustella kaikkien kanssa. Nöyrimmät ja suljettu pois, hänelle, lasketaan vain vaaliaikana. Kun tämä hetki kuluu, he menettävät arvonsa, ja sen jälkeen majuri ei kiinnitä enää huomiota vaatimuksiinsa tai tarpeisiinsa. Everstien hallussa olevat köyhät ovat erottamattomia ja eronneet. Majuri kävelee ja lähestyy juna-asemaa. Kun hän saapuu, hän ostaa lipun ja laudat nopeasti.

Junassa hän etsii parasta paikkaa ja alkaa muistaa lapsuutensa. Hän oli köyhä poika Maceió esikaupungista, joka työskenteli karkkikauppiaana. Hän muistaa isänsä nöyryytyksiä ja rangaistuksia ja tappeluja vanhempien veljien kanssa. Näinä aikoina hän halusi unohtaa, mutta hänen muistonsa itsepäisesti kieltäytyi lopettamasta muistuttamista. Hänen vahvin muistonsa on taistelu äitipuolensa ja veitsen kanssa, jolla hän käytti tappaakseen hänet. Veren kuristaminen, huuto, huuto ja hän pakenee kotoa näytöksen jälkeen. Hänestä tulee kerjäläinen, ja pian sen jälkeen esitellään huumeita, alkoholismia ja rikollisuutta. Hän vajoaa tuohon maailmaan noin viisi vuotta, kunnes eräänä päivänä hurskas nainen ilmestyy ja adoptoi hänet. Hän kasvaa, muuttuu mies ja tapaa Helenaan, maanviljelijän tyttären, jonka kanssa hän nai. Joskus sen jälkeen heillä on ensimmäinen ja ainoa tyttärensä, Christine. He muuttavat Recifeen. Hän ostaa kansalliskaartin majurin ja matkustaa syvälle sisätiloihin etsien maata. Hän valloittaa kaiken länsipuolelta Pesqueira asti. Hän ottaa vallan ja tulee hyvin voimakas mies, joka on tunnettu ja kunnioitettu. Hän tunsi olevansa suurmies joka tavalla. Elämä oli opettanut hänet olemaan vahva, laskelmoiva ja valloittava. Hän käyttäisi kaikkia aseita saavuttaakseen tavoitteensa. Hän huomaa vieläkin junassa takanaan naisen, jolla on lapsi sylissään. Hän muistaa Christinen, hänen viattomuutensa ja ihastuksensa, kun hän oli pieni. Hän muistaa myös syntymäpäivälahjan, jonka hän antaa Christinelle, häälahjaksi. Hän antaa hänelle lahjan, ja hän syleilee häntä ja kutsuu häntä rakaksi isäksi. Hän on tunteellinen, mutta ei voi itkeä, koska ihmiset eivät voi tehdä sitä julkisesti. Hänen pikku Christinensä oli kaunis ja viehättävä nuori nainen. Hänen pitäisi järjestää hyvä avioliitto ja velvollisuuksia. Hän nukahtaa uudistetussa nenässä. Juna kulkee, hän herää ja kyselee taskukelloaan nähdäkseen, mitä kello on. Hän toteaa, että se on lähellä kokousta. Juna kiihtyy, Pesqueira tulee näkyviin ja sydän rauhoittuu. Hänen mielensä on nyt keskittynyt kokoukseen ja hän ajattelee kohtaamista maanviljelijöiden ystäviensä kanssa. Juna antaa merkin, että se pysähtyy ja majuri on nopeuttamassa tiensä ulos. Elämä vaati uhrauksia, ja hän enemmän kuin kukaan muu tiesi sen. Aika hänen poikuutensa ja hänen elämänkokemuksensa aikana pateesi häntä vielä enemmän. Juna pysähtyy ja hän kiiruhtaa kohti kaupungin poliittista päämajaa.

Kello on kahdeksan aamulla ja jättimäinen rakennus on jo täynnä. Majuri tulee tervehtimään tuntemiaan ihmisiä ja istuu yhdellä etupenkillä, jotka hän on varannut hänelle. Istunto ei ole vielä alkanut. Yleispäämajassa kuullaan meteliä. Jotkut valittavat viivästyksestä, toiset sukulaisistaan, jotka eivät mahtuneet pormestarin toimistoon. Rakennusjohtaja yrittää turhaan hallita tilannetta. Lopulta pormestarin sihteeri pyytää hiljaisuutta ja tottelee. Hän ilmoittaa:

"Hänen ylhäisyytensä, pormestari Horacio Barbosa, puhuu nyt teille. Pormestari tulee, suoristaa vaatteensa ja valmistautuu pitämään puheen.

"Huomenta, rakkaat maanmiehet. Olen erittäin tyytyväinen siihen, että toivotan teidät tervetulleeksi tähän paikkaan, joka edustaa kunnallemme valtaa ja voimaa. On suuri ilo, että kutsuin teidät tänne puhumaan kunniastamme ja valtuuttamaan Mimoso ja Carabais poliittisia edustajia. Kunta on kasvanut paljon kaupallisella ja maataloudella. Erämaan rajalla takarantojen kanssa Mimoso on pääkaupunki. Meillä on poliittinen edustajanne majuri Quintino, läsnä täällä. Perjantaina meillä on Carabais, ja sen tutun viljelyn ansiosta se on onnistunut tekemään paljon osinkoja kaupungille. Carabais eversti, herra Soares, on myös täällä. Kuntien matkailu kehittyy myös rautatien perustamisen jälkeen. Kuten näette, kuntamme kasvaa. Lopuksi haluaisin esitellä herra Soares in ja herra Quintino. Aplodit heille.

Kokous seisoo ja kiittää molempia.

"Pormestarina minä julistan teidät paikallisten komentajiksi. Tehtävänne on hallita rautanyrkin avulla kansalaisten etuja, valvoa verojen kerämistä ja ylläpitää lakia ja oikeutta etujemme mukaista. Lupaan auttaa sinua kaikin tavoin.

Annetaan heille ja taputetaan. Pormestarin Quintino signaalit ja molemmat vetäytyvät korokkeelta. He keskustelisivat yksityisesti. Kaksi menee rajoitetussa huoneessa.

"No, teidän ylhäisyytenne, pyysin hetken teidän aikaanne, koska minulla on kaksi kysymystä, jotka voisin käsitellä kanssanne. Ensinnäkin haluan korkeamman prosentin verokannoista. Toiseksi, työ tyttärelleni Christinelle. Kuten tiedätte, Mimoso tuli rautatien jälkeen erittäin tärkeä kauppapaikka ja sen myötä prefektuurin voitto kohosi suhteellisesti. Haluan silloin tulla vahvemmaksi ja voimakkaammaksi ja kuka tietää, että jopa seuraajaksi. Haluan myös hyvän työn ja hyvän palkan tyttärelleni Christinelle. Hän on ollut aika... staattinen viime aikoina.

"Voittojen osalta kysymyksesi on mahdoton. Kaupungilla on paljon kuluja, ja hallintoni on avoin ja vakava. Henkilökohtaisesti en voi tehdä mitään. Mitä työhön tulee, kuka tietää, voin antaa hänelle opetuspaikan.

"Miten niin? Hallintosi on läpinäkyvä ja vakava? Korruptio on pahamaineinen! Muistakaa, että tukin kuvernööriänne ja sain hänelle huomattavan osan äänestyksestä. Jos et anna minulle sitä, mitä pyydän, tuki on peruttu.

Pormestari oli hiljainen ja mietti ja mietti hänen toimistoaan. Hän näki Quintino ja kommentoi.

"Olet todella kamala. En halua olla vihollisesi. Hyvä on. Lisään prosenttiosuuttasi ja annan veronmaksajan tyttärellenne. Miten niin?

Pieni hymy täytti majuri Quintino kasvot. Hänen väitteensä riittivät pormestarin vakuuttamiseen. Hän oli voittaja ja soturi.

"Hyvä on. Hyväksyn sen. Kiitos, että ymmärrätte, teidän ylhäisyytenne.

Quintino hyvästeli ja vetäytyi huoneesta. Kokous keskeytettiin ja kaikki poistettiin käytävältä.

Maanviljelijöiden tapaaminen

Kuulustelun päätyttyä Pesqueira kaupungin tärkein "herrat" kokoontuvat baariin lähellä, missä he olivat olleet. Näiden joukossa Sanharó (herra Goncalves), Carabais eversti (herra Soares) ja majuri Quintino Mimoso. He puhuvat iloisesti vallasta, voimasta ja arvostuksesta.

"Rautatien täytäntöönpano oli hallituksen valttikortti. Se kannusti tuotantoa ja vaurauden markkinointia. Pesqueira korostaa jo valtion tasolla. Sen piirit ovat viitanneet moniin eri genreihin. Esimerkiksi Mimoso tuli hyvin tärkeä kaupallinen strateginen paikka. Näen jo kaikki hyödyt, joita voin hyödyntää tässä tilanteessa. Vahva, sosiaalinen pröystäilevä, poliittinen valta ja rajoittamaton komento. Viholliseni eivät saa rauhaa, sillä minä hoidan heidät rautaa ja tulta. Tiimini on jo valmistautunut kapinallisiin. (Majuri Quintino)

"Mitä Carabais iin tulee, rautatie ei vaikuttanut rahaamme vain sen vuoksi, ettei se leikata aluettamme. Hallituksen teknikot sopivat harhauttaa sitä juuri ennen kylän sisäänkäyntiä. Maaperä ei sovellu rautateiden käyttöönottoon. Alueellamme on kuitenkin tärkeä maatalouskuljetus. Tuotteemme viedään naapurivaltioihin. Eversti, hallitsen aluetta ja minua kunnioitetaan. Viholliseni eivät selviä pitkään.

"Rautatie Sanharó oli tärkeä, mutta ei ainoa tulonlähde. Maatalous on vahva ja me olemme erinomaisia valtiotasolla. Maitomme ja lihamme ovat ykkösluokassa ja antavat meille hyviä tuottoja. Mitä vihollisiin tulee, kohtelen heitä samalla tavalla kuin sinä. Meidän on säilytettävä everstijärjestelmän voima.

"Se on totta. Tämä järjestelmä pitäisi säilyttää omaksi parhaaksemme. Äänet, petokset, palveluverkosto, kaikki tämä hyödyttää meitä. Voimamme ja voimamme tulevat kidutuksesta, paineesta ja pelottelusta. Brasilia on tämä: suuri voimarakenne, jossa vain vahvin selviytyy. Kaakkois-kaakosta, jossa rikkaat kahvinviljelijät hallitsevat, järjestelmät ovat samanlaisia. Vain nimet ja tilat muuttuvat. Meidän on pidettävä ihmiset hiljaa ja erottava, koska tämä on paras tavoitteemme ja tavoitteidemme kannalta. (Majuri)

"Olen täysin samaa mieltä ja jotta ihmiset pysyisivät hiljaa ja miellyttävänä, on välttämätöntä säilyttää julmuus, sorto ja autoritaarisuus. Ihmisten pitäisi pelätä meitä. Muuten menetämme kunnioituksen ja hyödymme. Maailma on epäreilu, ja meidän pitäisi olla osa sitä pientä osaa väestöstä, joka on voittajia. Voittaakseen on välttämätöntä tappaa, nöyryyttää ja poistaa ennalta ehkäiseviä ja arvoja, ja niin me teemme. (Carabais eversti)

Keskustelu jatkuu kiihkeästi naisista, harrastuksista ja muista asioista. He puhuvat noin kaksi tuntia. Majuri Quintino nousee, hyvästelee muut ja lähtee. Juna, joka menee Pesqueira varten Mimoso, oli lähdössä pian.

Takaisin kotiin

Suuri kiire takaisin Pesqueira rautatieasemalle. Juna odottaa juuri lähtöhetkeä. Hän menee lipputoimistoon, ostaa lipun, jättää tipin ja menee junaan. Hän valittaa keräilijän viivästyksestä ja istuu alas. Juna kertoo lähtevänsä ja majuri keskittyy hänen suunnitelmiinsa. Hän pitää itseään Pesqueira pormestarina, kuvernöörin ja vähintään viiden lapsenlapsen isoisänä. Christinen lapsia, joilla on vävy, jonka hän valitsisi. Ihminen saavutetaan vain, jos hän voi naida lapsensa. Juna lähtee ja ottaa sen mukaan unelmoiva progressiivinen.

Junan rytmi on melko säännöllinen. Matkustajat istuvat rauhallisina ja mukavasti. Työntekijä tarjoaa mehuja ja välipalaa matkustajille. Majuri ottaa välipalan, pureskelee ja kuvittelee, miten hyvä maku voiton ja menestyksen on. Hän oli palannut kokoukseen ja palannut suunnitelmiensa kanssa. Hänellä olisi oikeus korkeampaan prosenttiosuuteen veroista ja hyvää työtä tyttärelleen. Mitä muuta hän voisi haluta? Hän oli valmis mies, onnellinen avioliitossaan ja sai kauniin tyttären. Hän piti asemaa majurin kansalliskaarti, jonka hän oli ostanut, ja se antoi hänelle oikeuden poliittisesti hallita Mimoso. Hän olisi onnellisempi vain, jos hän olisi eversti, kuvernöörin oikea käsi ja nai tyttärensä ihanteellisen vävyn kanssa. Näin kävisi. Aika kuluu ja juna lähestyy Mimoso pientä kaupunkia, väliportaalla. Hän halusi kertoa uutiset kahdelle naiselle elämässään. Hänen sydämensä nopeutuu ja kylmä tuuli iskee ruumiinsa, kun juna muuttaa tahtia. Hän ajattelee itsekseen. Junan rytmi palaa normaaliksi ja rauhoittuu. Mimoso lähestyy lähempää. Hetken hän uskoo, että maailma voisi olla oikeudenmukaisempi ja että kaikkien pitäisi olla voittajia kuten hän oli. Hän yrittää poiketa tästä ajatuksesta. Hän oppi lapsuudesta, millaista elämä oli ja tiesi, ettei se muuttuisi hetkestä toiseen. Hän kyllästyi yhä kärsimyksiinsä: isänsä rangaistukset, tappelu vanhempien veljien kanssa, murha, jonka hän oli tehnyt. Hänen aivonsa pitivät muistot ennallaan. Jos hän pystyisi, hän heittäisi muistot roskiin, kaukana. Juna viheltää, että se pysähtyy. Matkustajat korjaavat hiukset ja vaatteet. Juna kulkee ja kaikki nousevat pois, myös majuri. Saapuminen on rento ja hän hymyilee. Hän palasi Pesqueira voitokkaalta.

Ilmoitus

Kun nousen junasta, pääpäät asemalle, tervehdimme Rivanio ja kysymme, onko kaikki hyvin. Hän vastaa kyllä, ja suurimmat tarjoukset jäähyväisistä ja lähtevät hänen talolleen. Hän tapaa muutamia ihmisiä ja he puhuvat koulutuksesta. Hän kiirehtii askeleitaan ja pian on lähellä asuntoa. Hän saapuessaan saapui, hän tulee ilman seremoniaa ja löytää Gerusa siivoustalon ja lähettää hänet soittamaan heille. He saapuvat ja halaavat ja suutelevat häntä. Majuri pyytää istumaan ja tottelemaan.

"Tulin juuri tapaamisestani Pesqueira, eikä uutiset voisi olla parempia. Ensinnäkin saan korkeamman prosentin veroista, joita perin. Toiseksi, sain veronmaksajan työn rakkaalle tyttärelleni Christinelle. Mitä mieltä olet?

"Sensaatiomaisia. Olen ylpeä, että olen miehen vaimo, jolla on kaltaisesi todellinen luonne. Meistä tulee rikkaampia ja voimakkaampia, kun aika etenee.

"Olen iloinen puolestasi, isä. Eikö veronkantajan työ ole hieman maskuliinista minulle?

"Etkö ole onnellinen, tytär? Se on hieno työ ja riittävä palkka. En usko, että se on miehen työtä. Vain sinä voit tehdä sen.

"Tietenkin se on hieno työ. Hänen äitinään hyväksyn varauksettoman.

"Selvä. Olet vakuuttanut minut. Milloin aloitan?

"Huomenna. Tehtäväsi on valvoa ja valvoa virallista veronkerääjää, Claudio, huoltoaseman omistajaa, Paulo Pereira poika. Hän on vastuullinen ja rehellinen, mutta tarinan mukaan tilaisuus tekee miehen.

"Minusta se tekee hyvää minulle. Se on hyvä tilaisuus tavata ihmisiä ja hankkia ystäviä.

Majuri jää eläkkeelle ja menee kylpyyn. Christine palaa neulokseen, jota hän teki ennen isänsä tuloa ja Helenaa käski keittiöpiian. Seuraava päivä olisi hänen ensimmäinen päivänsä töissä.

Ensimmäinen työpäivä

Uusi päivä alkaa. Aurinko paistaa, linnut laulavat ja aamutuulenkuoret bungalow. Christine heräsi juuri herättyään syvän ja elvyttävän unen jälkeen. Unelma, jonka hän näki edellisenä iltana, oli jättänyt hänet syvästi kiinnostuneeksi. Hän unelmoi luostarista ja nunnista, joita hän oppii ihailemaan kolmen vuoden aikana uskollisuuden. He osallistuivat hänen häihinsä. Mitä se tarkoitti? Hän ei aikonut mennä naimisiin. Hän oli nuori, vapaa ja täynnä suunnitelmia. Hänen itsepuolustuksensa huusi hänen sisällään. Hän ei ollut valmis avioliittoon. Hän venyy hiljaa sängyssään ja katsoo kelloa. Kello oli puoli seitsemän. Hän nousee ylös, haukottelee ja menee sviitin vessaan. Hän menee sisään, kääntää hanan päälle ja kylmä vesi kantaa hänet luostariinsa. Hän muistaa puutarhurin, joka työskenteli siellä ja hänen poikansa, joka oli vanginnut hänet. He alkoivat romanttisia pelejä ja kävelivät yhdessä, ja hetkessä hän oli huomannut, että hän oli rakastunut. Yhteys puutarhurin poikaan jatkui, mutta eräänä päivänä nunnat näkivät heidän suutelevan. Christinen laukut pakattiin ja hänet erotettiin luostarista. Tänä päivänä hän tunsi suuren helpotuksen. Hän ei enää valehtele itselleen tai itselleen. Yhteys puutarhurin pojan kanssa lakkautettiin, hän unohti hänet ja lähtee kotiin. Hänen äitinsä ja isänsä tervehtivät häntä kotona yllättäen. Hän petti äitinsä ja antoi uuden toivon isälleen, joka halusi nähdä hänen naimisissa lapsia. Aika kului, eikä hän ollut rakastunut sen jälkeen. Hän oppi kutomaakaan ja kirjottamaan ajan. Nyt hän oli veronmaksajana isänsä vaikutusvalta. Hän oli huolissaan uudesta tilanteesta. Hän sammuttaa kylmän veden, saippuat ylös ja alkaa kuvitella uutta työtoveriaan, Claudio. Hän kuvittelee pitkän, vaalean pojan, joka on täynnä tatuointeja. Hän pitää näkemästään ja ui. Hän puhdistaa ruumiinsa suunnilleen kuin hän olisi ottanut epäpuhtauksia sielustaan. Hän sammuttaa hanan ja laittaa kaksi pyyhkeitä: isompi kehoon ja pienempi päähän. Hän kävelee ulos sviitistä ja menee keittiöön aamiaiselle. Hän istuu, tarjoilee kakkua ja tervehtii isäänsä ja äitiään. Majuri alkaa keskustella.

"Oletko innoissasi, tyttäreni? Toivottavasti pärjäät hyvin ensimmäisenä työpäivänä. Opit paljon Claudiolta. Hän on hyvä veronkantaja.

"Kyllä olen. En malta odottaa, että pääsen töihin, koska neulominen ja koruompelu eivät ole niin hauskoja kuin ennen. Tämä työ palvelee minua hyvin, vaikka se on hieman maskuliinista.

"Taas tällä? Etkö näe, että satutit isääsi vihjailuilla? Hän tekee kaiken vuoksesi.

"Anteeksi, molemmat. Olen hieman itsepäinen ideoiden kanssa.

Christine syö aamiaisensa, hyvästelee suukon vanhempiensa otsalla ja kävelee ovelle. Hän avaa sen ja menee huoltoasemalle. Epäilykset hyökkäävät häntä vastaan: käyttäytyykö tämä Claudio kuin luolamies? Kunnioittaako hän häntä töissä? Hän ei tiennyt hänestä mitään paitsi, että mies oli Pereira poika ja kaksi sisarta: Fabiana ja Patricia. Hän kävelee ja heti kun hän lähestyy huoltoasemaa, hän tuntee hermostuneempaa ja hermostuneempaa. Hän pysähtyy ja hengittää. Hän etsii inspiraatiota universumista, luonnosta ja hänen harmillisesta sydämestään. Hän muistaa oppimansa opetukset luostarissa, nunnat ja heidän oma tapansa nähdä elämänsä. Se oli kolmen vuoden ajan hengellinen kokoontuminen, jolla ei tuntunut olevan merkitystä nyt. Hän tapasi uusia ihmisiä, aloitti uuden käsityksen. Hän tiesi, että tämä ei muuttaisi hänen tapaansa nähdä ihmisiä ja elämää. Sen hän saisi tietää, kun aika jatkui. Hän kävelee edelleen. Uusi voima virkistää häntä ja täyttää hänet ja antaa hänelle ylimääräisen työntövoiman. Hänen täytyi olla rohkea, kuten silloin, kun hän kohtasi äitiylimmän luostarinsa ja tunnusti totuuden: että hän oli täysin rakastunut. He pakkasivat hänen laukkunsa, hänet potkittiin ulos ja silloin tuntui siltä kuin he olisivat ottaneet valtavan painon hänen selkäänsä. Hän muutti pääkaupungista ja asui nyt maailman lopussa ilman ystäviä ja ilman mitään mukavuuksia. Hänen pitäisi tottua siihen. Muutaman minuutin kuluttua hän lähestyy huoltoasemaa. Hän on vain muutaman metrin päässä siitä. Hän korjaa hiuksensa ja vaatteensa tehdäkseen hyvän vaikutuksen. Hän hengittää viimeisen kerran, astuu sisään ja esittäytyy.

"Olen Christine Matias, majuri Quintino tytär. Etsin veronkantajaa Claudio. Onko hän kotona?

"Poikani meni syömään ravintolassa. Lähetän hänet hakemaan. Tässä ovat tyttäreni Fabiana ja Patricia, ja minä olen herra Pereira.

Christine tervehti heitä poskella suukkoina.

"Sinä olet kuuluisa Christine. En voi uskoa, etten ole edes nähnyt sinua vielä. Pysyt sisällä paljon, eikä se ole hyvä asia. Tästä lähtien voimme olla ystäviä ja hengailla yhdessä. (Fabiana)

"On ilo tavata teidät. Sinä, Fabiana ja minä olemme hyviä ystäviä, voit luottaa siihen.

"Kiitos. Hauska tavata. En käy ulkona, koska vanhempani hallitsevat. He luulevat, että majurin tytär on varattava. He ovat ylisuojelevia.

"Se muuttuu. Pidä itseäsi jengissämme. Olemme korttelin hulluimpia lapsia. (Fabiana)

"Jengimme on mahtava. Pidät siitä, että olet osa sitä. (Patricia)

"Kiitos, että kutsuit minut ryhmääsi. Pari suhdetta ja ystävää eivät satuta minua.

Keskustelu jatkui vilkkaasti jonkin aikaa. Claudio lähestyy ja kohtaa Christinen. Silmät lukittuvat ja nyt kuin taikuus näyttää siltä, että vain ne kaksi ovat olemassa koko universumissa. Molempien sydämet kiirehtivät kokouksessa ja sisäinen lämpö kulkee molempien ruumiiden läpi.

"Isäni kutsui minut tänne. Sinäkö valvot minua? En taida tuntea oloani niin epämukavaksi.

Kohteliaisuus jätti Christinen järkyttymään. Hän ei koskaan löytänyt näin suoria miehiä.

"Nimeni on Christine, olen majurin tytär. Olen uusi työparisi. Voimmeko aloittaa? Odotan sitä innolla.

"Tietenkin. Nimeni on Claudio. Tulimme juuri sopivasti aloittamaan työt. Ensimmäinen kaupallinen yritys, jossa tänään vierailemme, on teurastajakauppa. Omistaja ei ole maksanut veroja kolmeen kuukauteen, ja meidän on painostettava häntä siitä. Läsnäolosi auttaa.

"Mennään sitten. Oli ilo tavata teidät, Fabiana ja Patricia. Nähdään myöhemmin.

He heiluttavat kätensä jäähyväisinä. Claudio ja Christine lähtevät yhdessä teurastajakauppaan. Christinen ajatukset nousevat läheisesti ja hän tuntuu hölmöltä, kun hän ihaili Claudio niin paljon. Hän ei ollut sellainen kuin hän oli kuvitellut, mutta hän oli sekoittanut jotain hänen sisällään. Tuntui, että hänen piti tutustua häneen, ei ollut kokenut mitään. Mitä se oli? Hän ei pystynyt määrittämään sitä, mutta se oli jotain vahvaa ja kestävää. Kaksikävely rinta rinnan ja Claudio yrittää aloittaa keskustelun.

"Christine, kerro vähän itsestäsi. Olet Recifestä, eikö niin?

"Ei. Asuin Recifessä 10 vuotta. Itse asiassa olen Alagoas. Lapsuuteni oli melko kokonaan siellä.

"Onko sinulla ollut poikaystävää?

"Minulla oli sellainen, mutta siitä on jo aikaa. Minusta piti tulla nunna. Vietin kolme vuotta elämästäni suljetussa luostarissa yrittäen löytää elämäni merkityksen elämälleni. Kun tajusin, ettei minulla ollut kutsumusta, menin takaisin vanhempieni luo.

"Olisi suuri tuhlaus, jos olisit nunna, kaikella kunnioituksella. Ei mitään uskontoa vastaan, mutta Jumalan itsen antaminen vaatii liikaa ihmiseltä.

"Se on mennyttä. Minun on keskityttävä uuteen elämääni ja velvollisuuksiini.

Juttelu loppui ja kaksi jatkuu. Ihmisten tulo ja meno ovat jatkuvasti keskustassa. Mimoso oli muuttunut alueelliseksi kauppakeskukseksi rautatien istutuksen jälkeen. Ihmisiä tuli ympäri aluetta vierailemaan ja käydä kaupoissa. Teurastajakauppa on lähellä, ja Christine tuskin pystyy hillitsemään itseään. Hän ei osannut käyttäytyä. Loppujen lopuksi hän oli majurin tytär ja hänen piti näyttää esimerkkiä. Veronkerääjän työ paljastaisi hänet paljon. Lopulta he saapuvat, ja Claudio puhuu herra Helio, kaupan omistajalle.

"Herra. Helio, tulimme hakemaan sinulta kolme kuukautta veroja, jotka olet velkaa. Kaupunki tarvitsee panostasi koulutukseen, terveyteen ja puhtaanapitoon. Tee velvollisuutesi kansalaisena.

"Enkö sanonut, että olen rahaton? Liiketoiminta ei ole ollut hyvä. Tarvitsen lisäaikaa maksamiseen.

"En hyväksy enää tekosyitä, ja jos et maksa, sinulla on ongelmia. Näetkö tämän tytön kanssani? Hän on majurin tytär. Hän ei ole tyytyväinen oletuksiisi. Parasta olisi maksaa velkanne.

Helio mietti hetken, mitä tehdä. Hän katsoo Christineä ja vakuuttaa itsensä, että hän on majurin tytär. Hän avaa laatikon, ottaa rahan ja maksaa. Kiittäkää häntä ja poistukaa laitoksesta.

Aamu on kulunut töihin. Kaksi vierailua ja liike-elämä. Jotkut veronmaksajat kieltäytyvät maksamasta pääoman puutetta. Christine alkaa ihailla Claudio ammattimaisuudestaan ja luottamuksestaan. Aamu kuluu ja päivä on ohi. He sanovat hyvästit ja palaisivat työskentelemään yhdessä 15 päivässä.

Piknikki

Aurinko nousee horisontissa ja lämpenee vielä enemmän kuin keskipäivä. Liike vähenee, viljelijät tulevat tilalta, pesulaiset saapuvat lastinsa, jotka pesivät Mimoso-joella, virkamiehet vapautetaan, pitsipäät saavat vapaata työtä ja kaikki voivat syödä lounasta. Christine on samanlainen kuin muut ja palaa kotiin tällä hetkellä. Hän saapuu, avaa oven ja menee pääkeittiöön. Hänen vanhempansa ovat jo paikalla ja Gerusa syö lounasta.

"Anteeksi, ettemme odottaneet lounasta, tyttäreni, mutta tulin väsyneeksi ja nälkäiseksi, koska olin liiketapaamisessa. Miten ensimmäinen työpäiväsi meni? (Majuri)

"Ei tarvitse pyytää anteeksi. Ensimmäinen työpäiväni oli pitkä ja väsynyt. Claudio ja minä yritimme saada veronmaksajat maksamaan. Jotkut ovat kuitenkin pysyneet tiukasti asemassaan. Kaiken kaikkiaan se oli hyvä työ, koska opin paljon. En vain ole varma, haluanko tehdä tätä loppuikääni.

"Kerro Claudiolle, että haluan yksityiskohdat niille, jotka eivät maksaneet. Minä olen majuri, enkä siedä enää viivästyksiä.

"Tapasitko ketään, tytär? Saada ystäviä? (Helenaa)

"Kyllä, muutama ihminen. Claudion siskot ovat aika kivoja.

Gerusa palvelee Christineä ja alkaa syödä. Hän pysyi hiljaa tällä kertaa, koska hänet kasvatettiin niin. Gerusa jäi eläkkeelle keittiöstä ja suuntasi huoneistoonsa talon ulkopuolelle. Kotitalouden kolme päätä jäivät syömään ateriansa. Christine syö lounaan, nousee pöydästä ja hyvästelee vanhempansa, joilla on suukko poskilla. Hän menee parvekkeelle, jossa se on hyvin ilmastoitu ja viileä, jotta hän voi neuloa. Hän nostaa langat ja alkaa neuloa. Hänen ketterien kädet vievät hänet mystisiin maailmoihin, joihin vain mielikuvitus voi päästä. Hän tapailee vahvaa, lihaksikasta hartiaa ja lujaa asennetta. Hän kuvittelee kihlauksensa ja myöhemmän avioliittonsa. Sillä hetkellä sisustusrangaistus ja ahdistaa häntä. Hetki kuluu ja hän näkee itsensä kolmen kauniin lapsen äidiksi. Mielikuvituksessaan aika kuluu nopeasti ja hän näkee itsensä isoäidiksi ja isoäidiksi. Kuolema tulee ja hän näkee itsensä paratiisissa enkeleiden ja Herramme Jeesuksen Kristuksen ympäröimänä. Hänen ketteränkädet toimivat. Hetken ajan hän tunnustaa kankaassa, joka on hän kutoa tutun miehen kasvoja. Hän ravistaa päätään ja illuusio menee ohi. Mitä hänelle tapahtui? Oliko hän hullu vai mahdollisesti rakastunut? Hän ei halunnut uskoa tähän mahdollisuuteen. Hän jatkaa töitä, kunnes kuulee nimensä, joka lausutaan uskomattoman voimakkaasti. Hän palaa talonsa puutarhaan, josta oli kuullut äänen. Hän tunnistaa Fabiana, Patrician ja Claudion mukana joitakin muita nuoria.

"Saammeko tulla sisään, Christine?

"Kyllä voit. Olkaa kuin kotonanne.

Siellä oli tarkalleen kuusi nuorta, jotka tulivat talon puutarhaan. He nousivat portaita, jotka antoivat pääsyn parvekkeelle ja tapasivat Christinen. Fabiana piti huolen esittelystä tuntemattomien ystävien kanssa.

"Tässä on serkkuni Rafael, ja nämä ovat ystäväni Talita ja Marcela.

Christine tervehti heitä poskella suukkoina.

"Hauska tavata. Jos olette Fabiana ystäviä, olette myös ystäviäni.

"Ilo on minun puolellani. Claudio puhui sinusta. (Rafael)

"Tulimme tänne kutsumaan sinut Ororubá "vuori huipulle. Menemme piknikille ulkona. Yhteys luonnon kanssa on olennaista, että ihmiset kehittyvät ja vapautuvat karmasta. Ei.

"Haluatko lähteä, Christine? Olet sisällä paljon, eikä se ole hyvä asia. (Fabiana)

"Me vaadimme. (He kaikki toistavat.)

"Selvä. Minä menen. Olet vakuuttanut minut. Hetkinen, kerron vanhemmilleni.

Christine tulee hetkeksi taloon, mutta on pian takaisin. Hän kokoontuu ryhmään ja he suostuvat matkaan Ororubá mysteeriselle vuorelle, pyhälle vuorelle. Seitsemän alkaa kävellä. Christine katsoo Claudion olevan tyypillinen maaseutumies: vahva, itsevarma ja täynnä charmia. Ensimmäisenä päivänä he työskentelivät yhdessä, vaikutti hyvältä, mutta hän ei silti tiennyt, mitä hän tunsi häntä kohtaan. Hän tiesi, että se oli vahva ja kestävä tunne. Piknik oli tilaisuus tutustua häneen paremmin. Seitsemän nopeutta ja pian vuoren juurella. Claudio, ryhmän johtaja, pysähtyy ja pyytää kaikkia tekemään samoin.

"On tärkeää, että nesteytyksemme nyt, jotta meillä ei ole ongelmia myöhemmin. Kävely on pitkä ja tyhjentävä. Ei.

" Kuulin, että vuori on pyhä ja että sillä on taianomaisia ominaisuuksia. (Talita)

"Se on totta. Legendan mukaan salaperäinen shamaani antoi oman henkensä pelastaakseen kansansa. Siitä lähtien Ororubá vuori muuttui pyhäksi. Sanotaan myös, että henki-esi-isä nimesi vuoren vartijan- kaikki salaisuutensa. (Fabiana)

"Siinä ei ole kaikki. Sen huipulla on majesteettinen luola, jonka mukaan pystyy täyttämään halunsa. Uneksijat kaikkialta maailmasta etsivät sitä, että se saa ihmeensä. Tietääksemme kukaan ei ole selvinnyt siitä. (Patricia)

"Nämä tarinat hermostuttavat minua. Eikö olisi parempi, jos palaisimme? (Christine)

"Älä huoli, Christine. Ne ovat vain tarinoita. Vaikka se olisi totta, olisin täällä suojelemassa sinua. Ei.

"Claudio ei ole ainoa. Olen myös mies ja olen valmis auttamaan sinua, jos tarvitset sitä. (Rafael)

"Entä minä? Eikö kukaan suojele minua? Olen myös neito pulassa. Olen loukkaantunut. (Marcela)

Rafael lähestyy Marcela ja antaa hänelle halin merkkinä siitä, ettei hänellä ole mitään pelättävää. Juo vettä ja aloita kävely. Christine etenee hieman pidemmälle ja asettuu Claudion viereen. Hän tunsi olevansa turvaton kuultuaan vuorista tietoja. Hän ajattelee vuorta, suojelijaa ja luolaa. Hän näkee itsensä astumassa luolaan ja toteaa suurimman toiveensa. Hän oli myös unelmoija, kuten monet, jotka olivat menettäneet henkensä luolassa etsiessään unelmiaan. Oli välttämätöntä pitää jalat maassa, ankarassa todellisuudessa hän oli majurin tytär, ja tämä rajoitti hänen toimintavapauttaan melko paljon suhteessa ystäviin, rakkauteen ja haluihin. Vertailevasti hän tunsi itsensä vapaammaksi luostarissa kuin nyt. Claudio auttaa Christineä matkalla ylös, koska hän näkee, että hän kamppailee. Christinen mielen rotu ja hänen mielestään olisi hyvä, jos ystävä olisi tukenut ja rehellinen hänelle, kuten Claudio. Hän ravistaa päätään ja yrittää poiketa ajatuksesta. Se oli mahdotonta, koska hänen isänsä ei sallinut tällaista liittoa. Hän oli yksinkertainen veronkerääjä, ja hän oli majurin tytär. He elivät täysin eri maailmoissa. Ryhmä lopettaa jälleen kerran virkistääkseen itseään. Lämpö on vahva ja tuuli on pieni. He olivat puolimatkassa.

"Täältä on mahdollista nähdä hyvä osa Mimoso. Näetkö, Christine? Tuossa on talosi. Ei.

"Näköala on tästä lähtien todella etuoikeutettu. Minusta huippu on vieläkin tyrmäävämpi. Mimoso Sierra ei näytä isolta. (Christine)

"Minusta on parasta jatkaa matkaa. Ei ole järkeä jäädä tänne pitkäksi aikaa. (Fabiana)

"Olen samaa mieltä. Näin voimme kestää kauemmin huipulla, joka on vuoren tärkein osa. (Rafael)

Useimmat ovat samaa mieltä kävelyn jatkamisesta. Kaiken jälkeen kello oli yli yksi, Christine tunsi jo väsyneen. Vuoren kiipeäminen on äärimmäisen uuvuttavaa kaikille, jotka eivät ole tottuneet siihen. Hän muistaa jatkuvat haasteet, joita hän oli toimitettu luostarissa, mutta mikään se ei ollut samanlainen kuin nousemalla vuori, jonka kaikki olivat sanoneet, oli pyhä. Hän kerää voimaa sielunsa syvyyksiin ja yrittää kovasti, ettei kukaan huomaa hänen vaikeuksiaan. Claudio hymyilee hänelle ja täyttää hänet voimalla, koska hänelle hän ylittäisi esteet. Rakkaus, tämä outo voima, on yhdistänyt heidät ilman fyysistä kontaktia. Jos hänellä olisi mahdollisuus, hän kohtaisi suojelijan ja astuisi luolaan tajutakseen unelmansa liittymisestä häneen koko ajan, kun heidän piti olla yhdessä elämässä. Vaikka se maksoi hänen henkensä. Mitä merkitystä elämällä on, jos emme ole niiden kanssa, joita todella rakastamme? Tyhjä elämä on samanlaista kuin ei yhtään elämää. Ryhmä etenee edelleen ja lähestyy huippua. Claudio yrittää peittää sen, mutta Christinen kauneus ja armo viehättää häntä. Heti kun he tapasivat jonkin muuttuneen hänen olemuksessaan. Hän ei pystynyt syömään kunnolla tai tekemään mitään ajattelematta häntä. Hän miettii, miten suostutteli hänen perheensä siirtymistä Pesqueira varten Mimoso kukoistavaan kylään. Hän miettii, miten kohtalo oli antelias, kun saimme heidät yhteen. Piknik olisi hyvä tilaisuus kosia tyttöä. Hän toivoi, että hänet hyväksyttäisiin heidän välistään huolimatta. Vaikeudet, pääasiassa ennakkoluuloiset vanhemmat, olivat esteitä, jotka voitaisiin voittaa. Lopulta ryhmä saavuttaa huipulle ja juhlii. Nyt jäljellä oli vain hyvä paikka piknikille. Ryhmän jäsenet jakautuvat kolmeen pienempään ryhmään löytääkseen sopivimman paikan. Muutama minuutti kuluu, ja yksi ryhmistä antaa signaalin, viheltäen. Paikka valittiin. Koko ryhmä kokoontuu taas ja piknikki on järjestetty. Jokainen ryhmän jäsen osallistui juhlan järjestämiseen.

"Tunnetko sen, Christine? Lintujen laulu, tuulen valokuiskaus, maaseudun ilmapiiri, hyönteisten surinat, kaikki tämä johtaa paikkoihin ja lentokoneisiin, jotka eivät ole koskaan käyneet. Aina kun tulen tänne, tunnen itseni tärkeäksi osaksi luonnosta enkä omista sitä, kuten jotkut ajattelevat. Ei.

"Se on hyvin kaunis. Täällä, luonteeltaan, tunnen itseni tavalliseksi ihmiseksi, en majurin tyttäreksi, etkä voi kuvitella, miten hyvältä tämä tuntuu. (Christine)

Nauti siitä, Christine. Sitä ei voi tehdä joka päivä. Ennakkoluulo, pelko, häpeä, kaikki tämä häiritsee päivittäistä. Voimme unohtaa sen ainakin hetkeksi. (Fabiana)

"Tässä villissä vihreässä tuolla, näemme ja täysin ymmärtää universumia. Tämä ihme tapahtuu, koska vuori on pyhä ja sillä on taianomaisia ominaisuuksia. (Talita)

"Haluan myös sanoa mielipiteeni. Mitä me etsimme? Vastaan itseeni. Etsimme seikkailuja, uusia kokemuksia, ystävyyksiä ja jopa rakkautta. Tämä on kuitenkin mahdollista vain, jos olemme rauhassa itsemme, muiden ja maailmankaikkeuden kanssa. Tämä on tämä rauhan kaipuu, jonka löysimme täältä. (Rafael)

"Täällä kaikki on oppimista. Luonnon, teidän kaikkien seura ja tämä raikas ilma ovat oppitunteja, jotka meidän pitäisi ottaa mukaamme lastemme ja lastenlastemme hyväksi. (Marcela)

"Tämä on minulle kaikki suuri ehtoollisuus. Henkien ehtoollinen, joka johtaa meidät ylittämään monia elämän vaiheita. (Patricia)

Kertokaa mielipiteensä siitä, mitä he tuntevat silloin, kun he alkavat palvella itseään. Kodikas ympäristö sai heidät pysymään hiljaa koko aterian ajan. Claudio ilmoitti lounaan jälkeen:

"Emme tulleet vain piknikille. Aiomme perustaa leirin ja viettää yön täällä.

Christine, muutti väriä ja kaikki nauroivat. Hän oli ainoa, joka ei tiennyt.

"Mitä? Entä vuoren vaaroja? Isäni tappaa minut, jos jään tänne yöksi. Taidan lähteä.

"Neuvon sinua olemaan lähtemättä. Vartija väijyy, odottaa parhaan mahdollisuuden hyökätä. (Fabiana)

"Älä huoli, Christine. Enkö sanonut suojelevani sinua? Älä huoli, hän tietää, että vietämme yön täällä. Ei.

Christine rauhoittuu. Olisi parempi, jos hän olisi ryhmässä, koska ei tuntenut vuorta ja sen arvoituksia. Olisi todella pelottavaa olla yksin. Kuka tietää, mitä voisi tapahtua? Oli parempi olla ottamatta riskiä. Iltapäivä etenee ja kaikki tekevät yhteistyötä kahden teltan syöttämisessä. He ovat valmiita pian. Claudio ja Rafael etsivät metsää sytyttääkseen tulipalon, ja tavoitteena on ajaa pois luonnonvaraisia eläimiä, jotka asuvat alueella. Naiset ovat yksin leirissä ja puhdistavat maata telttojen ympärillä.

"On hienoa tulla tänne, Christine. Illalla koko paikka on vielä kauniimpi. Päivällisen jälkeen näet, että se on täydellinen räjähdys. Eikö tämä ole parempi kuin olla kotona? (Fabiana)

"Nautin myös siitä, mutta sinun olisi pitänyt kertoa, että aiot leiriytyä tänne. Olin aika yllättynyt. (Christine)

"Oletko huomannut, miten Claudio katsoo häntä ja päinvastoin? He ovat rakastuneita. (Talita)

"Silmäsi tekevät temppuja sinulle, Talita. Claudion ja minun välillä ei ole mitään.

"Minä puolestaan olisin iloinen kälystäsi. (Patricia)

"Olen samaa mieltä. (Fabiana)

"Kiitos. Mutta valitettavasti se on mahdotonta. (Christine)

Christine näytti hetken aikaa vakavalta ja lopettivat vihjailut. Claudio ja Rafael palaavat puun kanssa, jotta leirintäpalo syttyy koko yön. Claudio katsoo Christineä ja näyttää vastaavan. Iltapäivä etenee ja tulee pimeä. Kokko sytyttää ympäristön, kun yö laskeutuu. Kokoontukaa ympärilleen ja syömme Fabiana ja Patricia. Kaikki syövät ja puhuvat. Claudio siirtyy pois ryhmästä ja kun hän saa tietyn etäisyyden hän tekee Christinen ehdotuksen hänen mukaansa. Hän saa signaalin ja siirtyy pois ryhmästä.

"Mitä me teemme, Christine? Sinä ja minä, yhdessä, miettien näitä tähtiä. He näyttävät todistavan sitä, mitä me molemmat tunnemme. Eivät vain he, vaan koko universumi tuntee sen.

"Tiedät, että se on mahdotonta. Vanhempani eivät sallineet sitä. He ovat hyvin puolueellisia.

"Mahdotonta? Sanotko noin, täällä pyhässä vuoressa? Täällä mikään ei ole mahdotonta.

" Mutta, mutta..
....
....
....
....

"Älä sano enää sanaakaan. Anna sydämesi huutaa ääneen, kuten minun.

Claudio astui eteenpäin ja otti Christinen haltuunsa. Varovasti, hän käärii kätensä hieman ympäri hänen kasvojaan ja kärsivällisesti kosketti Christinen huuliaan omalla. Suudelma sekoitti Christinen ja hetken ajan hän tunsi kävelevänsä ilmassa. Monet ajatukset tunkeutuivat hänen mieleensä ja häiritsivät hänen suudelmaansa. Kun se päättyy, hän vetäytyy ja sanoo:

"En ole vielä valmis. Anna anteeksi, Claudio.

Christine pakenee ja palaa ryhmään. Claudio menee hänen mukaansa. Kokko sekoaa ja kerääntyy ympärilleen, koska kylmä on voimakas. Rafael seisoo tulen vieressä ja kertoo kauhutarinoita vuoresta.

"Olipa kerran uneksija pienestä kaupungista nimeltä Triumph, Pajeú takaosassa. Hänen nimensä oli Eulalio. Hänen unelmansa oli tulla rosvoksi ja koota oman jenginsä tekemään rikoksia, keräämään rikkauksia, on sosiaalista valtaa ja pröystäilevä ja tämä myös kiehtova ja viettelee monia naisia. Mutta hänellä ei ollut rohkeutta ja päättäväisyyttä tämän tekemiseen. Hän pystyi tuskin käyttämään miekkaa. Hänen maassaan hän oli kuullut Ororubá pyhästä vuoresta ja sen ihmeluolasta, joka pystyi täyttämään halunsa. Kun kuuli tämän, hän ei miettinyt kahdesti ja pakannut tekemään himoitua matkaa. Hän saapui vuorelle, tapasi holhoojan, lopetti haasteet ja lopulta astui luolaan. Kuitenkin, hänen sydämensä ei ollut täysin puhdas, ja hänen halunsa eivät olleet vanhurskaita. Luola ei antanut anteeksi ja tuhonnut hänen elämänsä ja unelmansa. Siitä lähtien hänen sielunsa alkoi vaeltaa vuorella. Metsästäjät näkivät hänet kerran keskiyöllä. Hän oli pukeutunut rosvoksi ja kantanut isoa asetta, joka ampui aaveluoteja.

"Tarkoitatko, että hänestä tuli rohkea kuolemansa jälkeen? Sitten luola, osittain, toteutti unelmansa. (Talita)

"Ei aivan, Talita. Luola tuhosi uneksijan elämän ja jätti sielunsa hänen halunsa kohteiksi. Lisäksi hän on kadonnut sielu kärsimykseen. (Fabiana)

"Tämä on vain tarina. On lukemattomia unelmoijia, jotka yrittivät onneaan luolassa, ja toistaiseksi kukaan heistä ei selvinnyt. Tästä syystä sitä kutsutaan epätoivon luolaksi. (Rafael)

"En menisi luolaan mistään syystä. Unelmani toteutuvat suunnittelulla, sinnikkyydellä, omistautumisella ja uskolla. (Marcela)

"Rakkaudesta. Et voi elää ottamatta riskejä. (Christine)

"Aina romanttista. Christine on rakastunut. (Patricia)

Kaikki nauravat paitsi Claudio. Hän oli yhä katkera ja loukkaantunut, koska tavalla Christine oli hylännyt hänet. Hän oli avannut hänen sydämensä ja hänen tunteensa, mutta se ei kuitenkaan riittänyt vakuuttamaan häntä rakkaudestaan. Hän oli puhunut ennakkoluuloista vanhempiensa kanssa, mutta hän oli ollut ennakkoluuloinen. Tuskan hän tunsi rinnan pohjalla, sai hänet matkustamaan ajassa muistamaan jakson, joka oli tapahtunut kaksi vuotta sitten, kun hän asui Pesqueira ja oli tapaillut kaunista blondia, pormestarin tytär. He tapailivat piilossa kolme kuukautta, koska hän pelkäsi vanhempiensa reaktiota. Eräänä päivänä isä sai tietää, eikä ollut tyytyväinen. Hän palkkasi kaksi lakeijaa piiskaamaan ja läimäyttämään häntä. Se oli hakkaaminen, jota hän ei koskaan unohtaisi. Siltä hänestä tuntui: läimäytti, ruoski, ei hänen vanhempansa, vaan hänen ja hänen omien ennakkoluulojen toimesta. Hän ei kuitenkaan luovuttaisi niin helposti elämästä ja omasta onnestaan. Hän näytti Christinelle hänen arvonsa, ja hän ymmärtäisi, kuinka paljon oli ollut typerää menettää kallisarvoinen aika.

Yö kaatuu ja kaikki valmistautuvat nukkumaan teltassaan. Tuli sytytetään suojellakseen heitä vuoren ilkeiltä eläimiltä. Ulvoja voidaan kuitenkin kuulla tietyn etäisyyden perusteella. Christine sekoittaa toiselta puolelta toiselle, joka yrittää hallita pelkoaan. Se oli ensimmäinen kerta, kun hän oli nukkunut pyhässä paikassa. Kova maa vaivasi häntä enemmän kuin hän luuli. Ulvonta jatkuu ja juuri sinä hetkenä kuullaan myös jalanjälkien melua. Christine pitää hengitystään epätoivossa. Voisiko se olla rosvoaave? Tai ehkä villi peto, joka on valmis syömään hänet? Jalanjälkien äänet tulevat hänen suuntaansa. Vahva tuuli osuu telttaan ja salaperäinen käsi ilmestyy oven läppään. Hän on valmis huutamaan, mutta mies, joka ilmestyy sanoo:

"Rauhoitu, minä tässä.

Christine rauhoittuu ja toipuu pelosta. Hän tunnistaa äänen. Se oli Claudio. Mutta mitä hän teki teltassa noin tunnissa? Hänen katumuksensa, yön pimeyden varjoon, heijasti tätä epäilystä. Claudio kysyy:

"Tulin kysymään, oletko toiveesi toteutunut.

"Toivoa? Mikä toive?

Vuori on pyhä ja keskiyöllä se antaa halun sydämiin rakastua. Olen tehnyt omani, ja tiedätkö mitä? Pyysin vuorta tuomaan meidät yhteen ikuisesti.

"Uskotko tähän? En usko, että mikään vuori muuttaa isäni suunnitelmia.

"Sanoin jo, että vuori on pyhä. Usko minua. Se voi toteuttaa unelmamme.

Claudio liittyi Christinen käsiin ja sulki silmänsä. Silloin kaksi sydäntä syöksyi rinnakkaiskoneeseen, jossa he olivat onnellisia ja vapaita. Christine näki itsensä naimisissa hänen kanssaan ja vähintään seitsemän lapsen äidin. Hetki oli tarpeeksi, että he tuntevat itsensä yhtenä, liittyen universumiin. Virta oli rikki, Claudio hyvästeli ja Christine yritti nukahtaa kovalla, kuivalla lattialla.

Vuoren alamäki

Kun uusi päivä koittaa, Claudio herää ja alkaa herättää muut. Christine on viimeinen noussut. Claudio ja Rafael kaivoivat metsään kala lähellä lammella. Se olisi heidän aamiaisensa. Sillä välin naiset yrittävät sytyttää tulen lopun puusta. Fabiana rikkoo hiljaisuuden.

Nukuitko hyvin, Christine?

"Ei kovin hyvin. Tämä kova, kuiva maa satutti selkääni. Se sattuu vieläkin. (Christine)

"Se on partiolaisen henki sinulle. Valmistaudu, koska meillä on vielä monia seikkailuja. (Talita)

"Piditkö kävelystä yleensä? (Patricia)

"Pidin siitä. Vuori hengittää rauhaa ja rauhaa. Rakastin luonnon ja yhtiösi yhteyttä. (Christine)

"Nautimme siitä myös, vaikka tämä ei ole ensimmäinen kertamme. Nyt olet osa ryhmäämme. (Patricia)

"Sovititko asiat Claudion kanssa eilen? (Talita)

"Päätimme olla aloittamatta suhdetta, koska elämme täysin eri maailmoissa. (Christine)

"Aikanaan sinä selvität sen. Rakkaus on vahvempaa kuin eroavaisuudet ja kuten sanoin, olisin iloinen kälysi. (Fabiana)

"Niin minäkin. (Patricia)

"Kadehdin sinua. Claudio on niin söpö. Harmi, ettei hän ole kiinnostunut minusta. (Talita)

Keskustelu jatkui vilkasta naisten keskuudessa, mutta Christine ei halunnut olla osa sitä. Puhuminen rakkaudesta, Claudio, satuttanut hänen sieluaan, koska se tuntui mahdottomalta rakkaudelta. Hän tunsi vanhempansa hyvin ja tiesi, että he olisivat täysin tällaisia. Hänen äitinsä toivoi yhä, että hän palaisi luostariin ja hänen isänsä halusi nähdä hänen naimisissa hänen kanssaan heidän sosiaalisen tasonsa aviomiehen. Molemmat vaihtoehdot sulkivat Claudion hänen elämänsä, mutta samaan aikaan hänen sydämensä kaipasi häntä, hän halusi vain hänet. Nämä olivat hänen kaksi vastakkaista voimaansa, jotka hänen olisi sovitettava yhteen tai valittava välillä. Nämä vastapuolet hyökkäsivät hänen sydämeensä ja jättivät hänet silti epäilyksiin. Puoli tuntia lähtöä, Claudio ja Rafael palasivat kunnon kalaa. Tuli oli jo sytytetty ja kalat asetetaan grillille. Kalat ovat täysin paistettuja ja jaetaan ryhmän jäsenten kesken. Claudio sanoo:

"Olimme kalassa ja yhtäkkiä vanha nainen ilmestyi pyytämään kalaa aterialleen. Annoin ne hänelle ja kiitokseksi hän siunasi minua ja sanoi, että olisin hyvin onnellinen. En tuntenut häntä. En ole nähnyt häntä näillä seuduilla. Hän katsoi silmiinsä, joka kiehtoi minua kuin hän olisi tiennyt tulevaisuuden.

"Ehkä hän on huoltaja? Eikö legendan mukaan hän asu täällä vuorella? (Fabiana)

"Voi olla. Niin ajattelinkin nähdessäni hänet. (Rafael)

"Sitten olet hyvin onnekas, veljeni. On vain harvoja ihmisiä, jotka voivat saavuttaa onnen. (Patricia)

"Hän oli todella outo. Tunsin kylmää, kun annoin kalat hänelle. Ei.

"Olen käytännöllinen. Uskon jopa vuoren pyhäksi kokemuksieni perusteella, joita olen asunut täällä. Mutta sitten uskoa vartijoihin ja luoliin, jotka tekevät ihmeitä, on paljon tehtävää. Kohta yrität vakuuttaa minulle, että siellä on aaveita ja peikkoja. (Talita)

"Sinuna en epäilisi sitä. Claudio on vakava mies, eikä hän valehtele. (Marcela)

"Minäkin uskon häntä. Luostarissa opetettiin tuomitsemaan ihmisiä heidän silmistään ja Claudio oli täysin vilpitön puhuessaan huoltajasta. Hän on etuoikeutettu tapaamaan häntä. (Christine)

Hiljaisuus hallitsi niitä, jotka olivat leirin ympärillä ja ryhmän jäsenet söivät kalansa. Claudio ja Rafael hajottivat teltat ja naiset keräsivät yhteen esineet, jotka he olivat tuoneet. Ryhmä kokoontui rukouksessa kiitollisina hetkistä, jotka asuivat vuorilla ja aloitti kävelyn takaisin kylään, jossa he asuivat. Claudio tarjosi Christinelle hellästi kättään ja suostui. Vuoren laskeutuminen oli vaarallista aloittelijoille. Fyysinen kontakti Claudion kanssa sai Christinen sydämen hyppäämään entistä enemmän. Tämä mies teki hänet niin hulluksi, että hän melkein unohti sosiaaliset kokoukset, kun hän oli hänen kanssaan vuorella. Ne olivat hetkiä, joilla oli voimaa viedä hänet rinnakkaisiin lentokoneisiin, joissa kukaan ei saanut häntä kiinni. Hän oli ollut onnellinen näinä hetkinä. Kuitenkin matkalla vuorelle hänen olisi hylättävä unelmansa fantasiasta ja kohdattava ankara todellisuus. Todellisuus, jossa hän oli korruptoituneen, autoritaarisen ja pysyvän majurin tytär. Sen lisäksi hän eli hetkiä, kun Claudio piteli häntä ja suuteli häntä. Christine puristaa Claudion kättä voimalla varmistaakseen, että hän on läsnä hänen rinnallaan. Hän oli jo menettänyt isovanhempansa, eikä olisi voinut ottaa toista menetystä. Ryhmä laskeutuu ylhäältä ja on jo puolet etäisyydestä alas jyrkän vuoren polkuja. Claudio, ryhmän johtaja, pysähtyy ja pyytää kaikkia tekemään samoin. Juokaa vettä ja jatkakaa kävelyä. Christine ajattelee äitiään ja sen pilkkausta, jonka hän saisi, koska oli viettänyt koko päivän poissa kotoa. Hän kohteli häntä kuin lasta, eikä kyennyt valitsemaan omaa polkuaan. Hän oli tullut luostariin ja viettänyt kolme vuotta elämästään erakkona. Hän sai vain kävelyretkelle ja vain ylimmän luvan. Tuolloin hän oppi latinaa ja kristillisen uskonnon perustaa. Kulttuuri ja tieto olivat ainoat myönteiset asiat, jotka hänen sielunsa tuli ulos. Se oli hukkaan haaskattu osa elämäänsä, koska hän ei halunnut olla nunna. Hän oli kyllästynyt olemaan kiltti tyttö ja tottelevainen, koska tämä vain aiheutti tappioita. Hänen sisällään kantamansa vastapuolet oli ratkaistava. Ryhmä kiihdyttää vauhtiaan ja pian he matkustavat kotiin. He hyvästelevät toisensa ja palaavat koteihinsa.

Majurin pahoinpitely

Christinen vastaanotto meni hyvin. Kumpikaan vanhemmista ei valittanut, että hän vietti yön pyhällä vuorella. Hän ei ollut ollut yksin. Puhuttuaan vanhempiensa kanssa hän meni kylpyyn, keskeytti huoneeseensa ja nukahti, kun hän oli väsynyt. Majuri ja hänen vaimonsa ovat olohuoneessa puhumassa. Kuulemme äänen, ja Gerusa menee nopeasti ovelle avaamaan sen. Lenice, maanviljelijä, odottaa, että sinne päästään.

"Kuinka voin auttaa?

"Haluan puhua majurille. Se on hyvin tärkeää.

"Sisään. Hän on olohuoneessa.

Lenice menee olohuoneeseen.

"Herra. Majuri, halusin puhua kanssanne. Kyse on vastasyntyneestä pojastani Josesta.

"Mitä hänestä? Eikö isä halua ottaa vastuuta? Tarvitsetko apua kasvattamiseen?

"Ei mitään sellaista. Toivon, että te, sir, olisitte hänen kasteensa kummisetä.

"Mitä? Kummisetä? Mihin tärkeään perheeseen kuulut?

"Olen Silva ja työskentelemme maataloudessa.

"Se on mahdotonta. En olisi Silvan perheenjäsen, vaikka olisin viimeinen mies Maassa. Tarkista itsesi ennen kuin tulet tänne toiveiden kanssa.

"Herra. Majuri, sinulla ei ole sydäntä.

Naisparka, kyyneleessä, poistuu huoneesta ja lähtee. Hän unelmoi majurin ystäväksi, kuten monet kyläläiset tekivät. Hänen pojallaan olisi enemmän mahdollisuuksia kasvaa, jos hän olisi majurin kummipoika. Hän pääsisi koulutukseen, terveydenhuoltoon ja arvokkaaseen työhön, koska kaikki siinä kylässä riippui pääaineen vaikutusvallasta. Kaikki halusivat poikkeuksetta jonkinlaisen yhteyden häneen, jotta hänellä olisi nämä etuoikeudet. Ne, jotka eivät voineet joutua kärsimykseen.

Kun karkotettiin maanviljelijä, majuri valmistautuu poliisiasemalle. Hänen vaimonsa Helenaa korjaa vaatteensa.

"Näitkö tuon, nainen? Mikä hävyttömyys! Suurin osa arvostani ei voi olla yksinkertaisen Silvan ystävä.

"Nämä ihmiset täällä haluavat olla ystäviäsi. Kullankaivajat!

"Jos he olisivat ainakin kauppiaita, ottaisin sen. Oletko nähnyt mitään vastaavaa? Majuri, maanviljelijöiden ystävä.

"Olen iloinen, että laitoit hänet hänen tilalleen. En usko, että enää maanviljelijöitä uskaltaa tulla tänne.

Majuri hyvästelee vaimonsa suudelmalla. Hän alkaa kävellä, avaa oven ja lähtee. Hän keskittyy siihen, mitä aikoo tehdä. Siitä lähtien, kun hän oli virallisesti vannonut, että pormestari on ollut alueen tärkein poliittinen viranomainen, hän ei ollut vielä tehnyt aktiivisia päätöksiä. Kiva majuri ärsytti häntä jo. Hänen piti toimia, jotta muut viranomaiset kunnioittaisivat häntä. Majuri ja everstit olivat keskeisiä rooleja epäreilun rakenteen konsolidoinnissa, joka oli silloin vallassa. Tästä epäoikeudenmukaisesta rakenteesta, jota he paljastivat vallassa ja kilpailussa. Majuri kävelee ja pian hän lähestyy asemaa. Hän on täysin vakuuttunut siitä, mitä hän aikoo tehdä. Hän oppi, hänen traagisessa lapsuudessaan Maceió, miten tehdä päätöksiä ajoittain ja hän tunnusti, että nyt oli paras aika. Hän yrittää välttää katumusta ja syyllisyyttä. Hän saapuu poliisiasemalle, avaa etuoven ja ilmoittaa:

"Delegaatti Pompeu, meillä on tärkeä asia keskusteltavana.

Majuri toimittaa listan edustajalle hänen kammionsa.

"Mikä tämä on?

"Tämä on täydellinen luettelo kaikista rikollisista veronmaksajista. En siedä enempää viivästyksiä, ja vaadin, että te, herra, valtuutettuna, hoidatte tämän.

"Annoitko heille lisämaksua?

"Tein kaiken voitavani. Veronkerääjä Claudio kertoi minulle, että he antavat surkeita tekosyitä, jotta eivät maksaisi.

"En näe, mitä voin tehdä. Laki ei salli minun ryhtyä mihinkään toimiin.

"Minun on muistutettava teitä, herra Pompeu, että teidän rakas valtuutettunne on vaarassa, jos ette ryhdy mihinkään lisätoimiin. Laki, jonka tunnen, palvelee vahvinta ja majurina, käsken teitä välittömästi vangitsemaan nämä roistot-älkääkä vapauttako heitä ennen kuin he maksavat velkansa.

Delegaatio Pompeu pudisti päätään ja soitti kaksi poliisia pidättämään uhreja. Majuri on tyytyväinen, koska hänen vaatimuksiaan noudatetaan. Tämä olisi ensimmäinen monista mielivaltaisista toimista, joita hän olisi pitänyt alueen suurimpana poliittisena viranomaisena.

Juhla

Oli kaunis sunnuntaiaamu. Kappelin kellot soittivat sunnuntain massasta. Isä Chiavaretto valmistautuu uuteen juhlaan. Chiavaretto oli Mimoso virallinen pappi. Alun perin Venice, Italia, poika keskiluokkainen perhe, hän oli määrätty vuonna 1890. Hänen pappitoimintansa alkoi hänen kotimaassaan samana vuonna hänen sovittelu ja kesti vuoteen 1908. Tänä vuonna, päättäväisesti Venetsian piispa hänet siirrettiin virallisesti Brasiliaan. Hänen tehtävänsä oli levittää evankeliumia ja evankelioida heitä, jotka yhä pysyivät pakanassa. Kahden vuoden kovan työn hän oli saavuttanut edistystä pienessä kylässä. Yksi saavutettavista tavoitteista oli kuitenkin saada suurempi määrä massassa. Alussa, kun hän saapui kylään, väkiluku oli suurempi. Ihmiset menettivät innostuneisuutensa vain siksi, että Chiavaretto suorittama massa oli kokonaan latinaksi. Se oli silloin kirkon virallinen päättäväisyys.

Ennen juhlien aloittamista pappi ottaa lyhyen harkinnan hetken. Kun Venetsiassa tuli hänen mieleensä, hän muisti jokaisen veljensä ja sisarensa kohtalon. Yksi heistä päätti olla sotilas armeijassa ja jätti luomaan rauhan rintaman toiseen maahan. Hän oli aina ollut taipuvainen suojelemaan muita lapsia. Yksi sisko lähti nunnaksi ja toinen naimisiin ja sai neljä lasta. He seurasivat vastakkaisia polkuja heidän elämässään, mutta eivät unohtaneet toista tai lakanneet olemasta ystäviä. Molemmat asuivat Venetsiassa, Italiassa. Hänestä tuli pappi, mutta ei valinnan mukaan, vaan kohtalon merkki. Jeesus kutsui hänet. Tapahtumat, jotka saivat hänet päättämään tulla, pappi oli seuraava: Kun hän oli lapsi, hän leikki hiljaa yhden hänen ystävistään sillalla, joka istuu aivan joen yli. Peli oli hippaa. Hän kiipesi kisan läpi, sillan kaiteen, jotta pääsi pois vastustajan luota. Hänen jalkansa tärisivät, häntä huimasi ja otti väärän askeleen, hän putosi suoraan joelle. Virta oli vahva, kun joki oli täysi tulva. Chiavaretto yritti uida, mutta hänellä ei ollut kokemusta vedestä. Hän upposi ja hänen ystävänsä vain katsoi, koska hän ei osannut uida. Sillä hetkellä ei ollut aikuisia. Pieni vähältä Chiavaretto menetti voimansa ja myös tajuntansa. Kun hän tunsi olevansa lähellä loppuaan, hän huusi Jeesuksen pyhän nimen. Nopeasti, hän tunsi voimakkaan käden pitelemässä häntä ja ääni sanoi:

"Pedro, älä pelkää!

Se oli hänen nimensä, Pedro Chiavaretto. Mahtava käsi nosti hänet ylös ja ulos vedestä. Kun hänet pelastettiin joenrannalla, salaperäinen mies katosi. Siitä päivästä lähtien Pedro Chiavaretto omisti itsensä yksinomaan uskonnolle ja tuli pappi. Tämä kokemus oli hänen salaisuutensa, eikä hän kertonut kenellekään.

Pieni harkinnan hetki menee ja pappi päätyy alttarille. Hän katsoo seurakuntaa ja vahvistaa, että se on sama henkilötunnus kuin aina: rikkaat ja voimakkaat, istuvat parhaissa penkeissä ja vähemmän onnekkaita. Tällainen divisioona ahdisti häntä, koska se oli täysin päinvastainen kuin mitä hän oppi seminaarissa. Ihmiset ovat tasavertaisia Jumalan edessä ja ovat yhtä tärkeitä. Se, mikä erottaa ihmisiä ja tekee heistä erityisiä, ovat heidän kykynsä, karisma ja muut ominaisuudet. Hän ei voinut tehdä mitään. Tasavallan ja perustuslain vuonna 1891 julistuksen myötä kirkko ja valtio erotettiin virallisesti. Brasiliasta tuli tästä hetkestä lähtien vaalipiiri, jolla ei ole virallista uskontoa. Kirkko menetti valtansa ja etuoikeutensa. Sen avulla everstiryhmä (Koillis-hallitsija) oli päätöksissään, päätöksissä, päätöksissä, joita kirkko ei voinut vastustaa.

Pappi aloittaa juhlat ja ainoat, jotka todella kiinnittävät huomiota hänen sanoihinsa ovat hurskas Christine ja Helenaa, kuten molemmat osaavat latinaa. Muut menivät kirkkoon katsomaan vaatteita ja tyylejä ja juoruilemaan. He eivät tienneet massan todellisesta merkityksestä. Pappi puhuu anteeksiannosta ja siitä, että meidän on oltava tarkkaavaisia sydämistämme tulevien merkkien kanssa. Hän sanoo, että tämä on paras kompassi kadonneille matkustajille. Massa jatkuu ja saavuttaa ehtoollisen hetken. Kun pappi muuttaa leivän ja viinin ruumiiksi ja vereksi Jeesuksen Kristuksen tulla, Christine näyttää näkevän Claudion alttarilla Isän vieressä. Hän ravistaa päätään ja näky katoaa. Se oli toinen kerta, kun hänelle tapahtui jotain tällaista. Kun se tapahtui, hän kutoi kotinsa kuistilla. Mitä hänelle tapahtui? Hänen ajatuksensa eivät kunnioita edes massaa. Christine päättää olla ottamatta ehtoollista, koska hän ei ollut valmis eikä tuntenut olevansa täysin puhdas osallistua siihen. Helena tietää. Juhlat jatkuvat ja Christine yrittää keskittyä papin saarnaan. Hän kiinnittää huomiota jokaiseen sanaan, jonka hän on sanonut. Sillä hetkellä hän voi unohtaa Claudion vähän ja unohtaa ihanan piknikin. Hän melkein antoi itsensä vuorella. Pelko tuomiota ja hänen isänsä pidätteli häntä. Pappi antaa viimeisen hyvän ja Christine tuntee itsensä helpommaksi. Hänen ei tarvitsisi enää huolehtia ajatuksistaan.

Heijastuksia

Christine, vanhempiensa kanssa, hylkää Sebastianin pienen kappelin riippuvuudet. Majuri hyvästelee heidät ja menee hoitamaan liiketoimintaa asukkaiden yhdistyksen rakentamisessa. Kaksi palaamista kotiin. Christine alkaa pohtia saarnaa hetki sitten papilta. Oliko hän saanut anteeksi äidiltään lähtemisen jälkeen? Oliko hänelle annettu anteeksi? Vastaus molempiin kysymyksiin on ei. Hänen äitinsä, pettynyt hänen poistumisensa luostarista, ei koskaan enää ollut sama äiti, jota hän oli oppinut rakastamaan ja kunnioittamaan. Hän ei enää rakastanut eikä näyttänyt hänelle mitään välittävää tunteetta kuten aiemmin. Hänen äitinsä ei ollut enää hänen ystävänsä, vain seuralainen. Hän puhui luostarista ja kommentoi, miten hän olisi niin onnellinen, jos hänellä olisi tytär, joka oli nunna. Hän ruokkii yhä toiveitaan, että Christine palaisi sinne. Christine epäili yhä omaa kohtaloaan. Hän oli varma tunteistaan Claudio kohtaan, mutta pelkäsi antautua täysin tälle intohimolle ja loukkaantua.

Christine oli oppinut luostarissa, että miehillä oli monia puolia, eikä häneen voinut luottaa. Hän ei ollut kuunnellut sitä elämänsä tärkeimpinä hetkinä. Hän ei kuunnellut, kun se kielsi sekaantumasta luostarin puutarhurin pojan kanssa. Erotettuaan hän hylkäsi tytön ilman selitystä. Hän ei myöskään kuunnellut sitä, kun se pyysi häntä luovuttamaan Claudiolle vuorella. Sen sijaan hän piti mieluummin totella sosiaalisia yleissopimuksia ja pelkoa. Molemmat kerrat, kun hän ei kuunnellut sydäntään, häntä estettiin. Christine tekee sopimuksen itsensä kanssa ja hyväksyy sen kuuntelemaan sitä seuraavalla tilaisuudella. Isä Chiavaretto massasta oli ollut apua.

Sucavão

Se oli rauhallinen tiistaiaamuna. Paikka oli täynnä uimareita ympäri aluetta, joka piti hauskaa Mimoso-joella. Samaan aikaan Claudion johtama nuori ystävien ryhmä oli matkalla Christinen asunnolle. He pyytäisivät häntä toiselle erikoismatkalle. He saapuvat asunnolle ja taputtavat kättään tulla kuulluksi. Gerusa, talon sisäkkö, avaa oven.

"Mitä haluat?

"Tulimme puhumaan Christinelle. Onko hän kotona?

"Hän on. Hetkinen. Soitan hänelle.

Hetken päästä Christine ilmestyi hymyilemään ja haluaa puhua heille.

"Gerusa kertoi, että te haluatte puhua kanssani. Mistä?
Ryhmän johtaja Claudio puhui.
"Tulimme kutsumaan teidät mielenkiintoiselle matkalle kanssamme. Koko kaupunki nauttii siitä. Frexeira Velha farmilla, lähellä täällä, on hyvin erityinen paikka, jonka haluamme näyttää teille. Mitä sanot?
"Jos lupaat, ettei mitään yllätyksiä tule, niin kuin silloin oli silloin piknikillä, minä menen. (Christine)
"Ei tule olemaan. Tulet ilahtumaan tästä paikasta. (Fabiana)
"Lupaamme näyttää teille erityisen aamun. (Rafael)
Muut ryhmät kannustavat myös Christineä hyväksymään ja hän päätyy suostumaan. Hän ei tehnyt mitään tärkeää silloin. Uloskäynti auttaisi häntä miettimään paremmin joitakin ideoita. Christinen suostumuksella ryhmä alkoi kävellä kohti kohdetta, jota hän ei välittänyt. Claudio tarjosi hänelle kättään ja hyväksyi, seurasi sydämensä vaistoja. Hän oli oppinut tämän papilta. Fyysinen kontakti sai Christinen sukeltamaan rinnakkaisiin universumeihin, jotka eivät ole tavallisen ihmisen mielikuvitusta. Näissä paikoissa ei ollut tilaa kenellekään paitsi hänelle ja hänen rakkaalleen. Hän oli naimisissa vähintään seitsemän lasta Claudiosta. Hänen ennakkoluuloissaan ja moraalisesti epävakaissa vanhemmillaan ei ollut valtaa vaikuttaa häneen omalla mielikuvituksellaan. Jos Ororubá vuori olisi todella pyhä, se jatkaisi heidän pyyntöään ja toteuttaisi suunnitelmia. Vaikka tämä oli lähes mahdotonta kahdesta syystä. Ensin, koska hän oli äidin tytär, joka toivoi yhä, että hänestä tulisi nunna. Toiseksi hänellä oli isä, joka ennustaa hänelle tulevaisuuden (hänen mielestään onnellinen), avioitumalla hänet jonkun oman sosiaalisen tasonsa kanssa. Lisäksi molemmat olivat erittäin ennakkoluuloisia.
Ryhmä pysähtyy vähän, jotta kaikki voivat nesteytyä. Claudio ei päästänyt irti Christinen kädestä hetkeäkään. Hänen mielestään Christine olisi vain hänen, koska he olivat yhteydessä toisiinsa. Hänen elämänsä muuttui heti, kun hän tapasi hänet. Hän alkoi antaa vähemmän merkitystä juomiselle ja tupakoinnille. Hän käytännössä lopetti sen. Hänen ystävänsä huomasivat myös muutoksia. Hänestä oli tullut karismaattisempi ja iloisempi mies. Hän ei enää valittanut työstä tai laskuista. Jumalan rakkaus valaisee häntä. Christinen oli valmis tekemään mitä tahansa: ko-

htaamaan pelokkaan majurin ja vaimonsa, kohdatakseen yleisen mielipiteen, kohdatakseen Jumalan ja maailman tarvittaessa. Hän tutustui tosirakkauteen, toisin kuin muihin aikoihin.

Ryhmä kiihdyttää tahtia ja noin kymmenen minuutin kuluttua he saapuvat Frexeira Velha tilalle. He kääntyvät oikealle ja kävelevät vielä muutaman jalan, kun oikotie vei heidät rautatien partaalle. He saapuvat lopulta määränpäähänsä ja Christine hämmästyy. Se kohtaa kiveen kaiverretun luonnollisen, ja se on ohittanut pienen puron.

"Tämän halusit näyttää minulle. Se on mahtavaa!

"Tiesimme, että pitäisit siitä. Se on hyvä paikka rentoutua. Sen nimi on Sucavão. Ei.

He kaikki juoksevat tähän pieneen luonnon ihmeeseen. Claudio siirtyy pois Christinestä ja alkaa hypätä hullun vedessä. Hän pysyy alasti muutaman sekunnin ajan. Christine huolestuu ja alkaa etsiä häntä altaan läpi. Kun hän vähiten odottaa sitä, kaksi vahvaa kättä pitelee reisiä ja Claudio palaa halaamaan häntä.

"Etsitkö minua?

Christine ei sano mitään ja lepää käsivarsillaan Claudion hartioilla. Hän tuntee hetken ja liikkuu lähemmäs häntä. Hänen vaatimattomat huulensa etsivät hänen omaansa. He löytävät toisensa ja aiheuttavat aplodeja. Christine ja Claudio kääntyvät toisia kohti ja nauravat. Heidän suhteensa vahvistettiin. Kaikki nauttivat allasta. Claudio ja Christine eivät liiku toistensa puolelta. Ryhmä viettää koko aamun Sucavão ja myöhemmin palasi koteihinsa.

Markkinoille

Aurinkoinen keskiviikkoaamu nousee ja Christine on herännyt. Hän nousi ylös sängystä ja meni kylpyyn. Hän menee vessaan, kääntää hanan päälle ja kylmä vesi tulvii koko kehoaan. Sillä hetkellä hänen mielensä kulkee ja laskeutuu juuri edellisen päivän tapahtumiin. Hän ajattelee Claudion syleilyä ja suudelmaa. Ensimmäinen fyysinen kontakti teki hänestä entistä varmemman tunteen. Se oli jotain todella kestävää. Hän sammuttaa veden, saippuat ylös ja pelko alkaa ottaa kiinni intiimistä ajatuksistaan.

Mitä heistä tulisi, kun hänen vanhempansa saivat tietää? Olisiko rakkaus vahvempi kuin ennakkoluulot ja sosiaaliset sopimukset? Vastasiko vuori hänen pyyntöönsä? Vastaus näihin kysymyksiin, joita hän ei tiennyt. He voisivat vain nauttia hetkestä ja toivoa, että se kestäisi ikuisesti.

Hän kääntää veden takaisin päälle ja edellinen pelko katoaa. Hän oli valmis taistelemaan rakkaudesta, vaikka se maksoi kalliisti. Hanan vesi saa hänet muistamaan Sucavão ja miten se paikka oli taianomainen. Hänen mielestään kaikkien pitäisi olla virtaava joki, joka antaa itsensä täysin kohtalonsa. Niin hän käyttäytyisi rakkautensa suhteen, Claudio. Kylmä vesi alkaa vaivata häntä ja hän päättää sammuttaa sen. Hän ottaa kaksi pyyhettä ja alkaa kuivata. Kuivattuaan itsensä täysin, hän pukeutuu ja menee keittiöön aamiaiselle. Kun hän saapuu, Gerusa palvelee vanhempiaan.

"Joko ylös? Näytät hyvältä. Mitä tapahtui?

"Ei mitään, äiti. Minulla oli juuri hyvä ilta.

"Tyttäreni on hyvä tyttö. Hän ei tekisi mitään periaatteitamme vastaan. (Majuri)

Jäinen kylmä kiersi Christinen ruumiin ja silloin tuntui siltä, että hänen vanhempansa olivat arvanneet hänen ajatuksiaan. Hän päättää pysyä hiljaa, jotta ei herätä epäilyksiä.

"Mitä jos menisimme messuille tänään? Tarvitsen hedelmiä, vihanneksia ja papuja. (Helenaa)

"Tulen mielelläni mukaasi, äiti. (Christine)

"En voi. Hoidan homman. (Majuri)

Syökää aamiaista ja menkää torille. Mimoso-markkinoista oli tullut suuri tapahtuma, joka houkutteli vieraita ympäri aluetta. Sinä päivänä se oli kiihkeän kiireinen ja kauppa kukoisti. Christine ja Helenaa lähestyivät Olivian hedelmäkasvia ja taivas näyttivät ylittävän katseensa Christinen ja Claudion välillä.

"Oletko täällä? En odottanut tuota. (Christine)

"Äitini jätti minut vastuuseen teltastaan. Mitä lapsi ei tekisi äitinsä hyväksi? Miten voitte, neiti?

"Hyvä on.

"En tiennyt, että olette niin hyviä ystäviä.

Christine peittää tunteensa Claudiota kohtaan ja vastaa:

"Hän on osa ystävien ryhmää, jonka kanssa tapailen, ja sitä paitsi hän on työtoverini, unohditko?

"Kyllä. Veronkerääjä.

Claudio iskee Christinelle rikollisuuden merkkinä. Heidän piti teeskennellä oikeaan aikaan asti. Claudio kysyy:

"Mitä otat?

"Haluan kaksi tusinaa banaania, kolme papaijaa ja kuusi mangoa. (Helenaa)

Christine kiinnittää huomiota jokaiseen miehekkääseen yksityiskohtaan rakkaudestaan ja on vaikuttunut. Hän oli epäilemättä mies, jonka hän halusi, vaikka hän olisi joutunut voittamaan. Hän oli oppinut luostarissa, että voittaja oli rohkea uskaltaa. Claudio antaa hedelmät, Christine ja Helenaa menevät toiselle asemalle. Markkinat ovat auki kello 14:00 asti.

Lehmän tapaus

Majuri Quintino, joka oli alueen pioneereiden joukossa, tuli rikas plantaasin omistaja ja sen vuoksi yksi alueen suurimmista karjatilallisista hedelmäkasvia. Eräänä päivänä hänen työntekijänsä ylittivät karjaa rautatien yli päästäkseen toiseen osaan maan. Sattumalta, samana hetkenä, kun juna, jolla oli suuri nopeus, ilmestyi horisontissa. Työntekijät kiirehtivät ylitykseen ja junan kapellimestari yritti pysähtyä, mutta ilman menestystä. Yksi lehmistä törmäsi junaan ja kuoli törmäyksessä. Kuljettaja jatkoi matkaansa ja työntekijät olivat kauhistuneita. He päättivät kertoa kaiken majurille.

Kun majuri kuuli tarinan, hän käski työntekijöitään laittamaan jättimäisen kiven rautatien raiteille. Samaan aikaan majuri jäi odottamaan junaa. Se ilmestyi horisontissa juuri ajoissa ja kun insinööri huomasi kiven, hän pysähtyi lyhyeksi yrittääkseen välttää kolarin. Onneksi hän onnistui, eikä kukaan loukkaantunut. Kuljettaja kiihotti ja kysyi:

"Kuka laittoi kiven keskelle rautatietä?

Sillä hetkellä majuri lähestyy häntä ja kysyy:

"Mikä on nimenne, sir?

"Nimeni on Roberto. Kuka laittoi tämän kiven tielleni?

"Mieheni laittoivat sen tänne. Huomaan, että onnistuit pysäyttämään junan tänään. Mutta eilen ette onnistuneet ja löit yhtä lehmääni.

"Se ei ollut minun syytäni. Juna tuli täydellä vauhdilla ja tajusin, että lehmä oli vielä siellä, oli liian myöhäistä.

"Pahoittelunne ei ole minulle hyödyllistä. Älä huoli. En tuomitse sinua viranomaisille tai vaadi sinua maksamaan lehmän. Kuitenkin huomisesta alkaen, joka kerta, kun kuljet tämän kylän läpi, sinun on pakko pysähtyä kotini edessä kysymään, matkustaako kukaan perheestäni. Jos niin on, odotatte niin kauan kuin valmistaudumme. Jos ei, voit jatkaa matkaasi. Onko selvä?

"Minulla ei taida olla vaihtoehtoja. Hyvä on.

Majuri käski työntekijöitä vetämään kiven pois, jotta juna voisi jatkaa matkaansa.

Lehdistö

Majuri Quintino oli kuuluisa koko alueella hänen kidutusmenetelmiään. Yleisin heistä oli epäilemättä pelottava lehdistö. Se oli rautainstrumentti, jossa oli viisi rengasta, yksi kaulaan, kaksi kättä ja kaksi jokaista jalkaa. Majurin viholliset piiskattiin lehdistölle, usein kuolemaan asti.

Kerran majuri varasti kolme hevosta ja yksi hänen työntekijöistään näki varkaan. Varas katosi hetkeksi, eikä majuri löytänyt häntä. Kun juttu on ratkaistu, varas päätti palata ja nähtiin kävelemässä Mimoso. Majuri tiesi heti, että se oli hän ja lähetti työntekijänsä pidättämään hänet. Varas jäi kiinni ja pantiin lehdistöön. Kidutettu ja nöyryytetty, varas tunnusti rikoksen ja sanoi myyneensä hevoset saadakseen rahaa. Suuttunut majuri ei antanut hänelle anteeksi ja käski työntekijöitä hakkaamaan häntä koko yön. Varas kuoli vammoihinsa. Majurin työntekijät hakivat ruumiin ja hautasivat hänet. Hän oli yksi tämän vanhentuneen yhteiskunnan uhreista, järjestelmä, joka tappaa jopa ennen tuomiota.

Loppu

www.ingramcontent.com/pod-product-compliance
Lightning Source LLC
LaVergne TN
LVHW020437080526
838202LV00055B/5243